邓·云·乡·集

云乡话食

图文精选本

中华书局

图书在版编目（CIP）数据

云乡话食：图文精选本/邓云乡著. —北京：中华书局，2024.
8. —（邓云乡集）. —ISBN 978-7-101-16753-5

Ⅰ. I267

中国国家版本馆 CIP 数据核字第 2024UC7643 号

书　　名	云乡话食(图文精选本)
著　　者	邓云乡
丛 书 名	邓云乡集
策划统筹	贾雪飞
责任编辑	阎海文
装帧设计	刘　丽
责任印制	管　斌
出版发行	中华书局
	(北京市丰台区太平桥西里 38 号　100073)
	http://www.zhbc.com.cn
	E-mail:zhbc@zhbc.com.cn
印　　刷	北京中科印刷有限公司
版　　次	2024 年 8 月第 1 版
	2024 年 8 月第 1 次印刷
规　　格	开本/787×1092 毫米　1/32
	印张 7¾　插页 5　字数 110 千字
印　　数	1-5000 册
国际书号	ISBN 978-7-101-16753-5
定　　价	59.00 元

出版说明

邓云乡（1924.8.28—1999.2.9），当代著名作家、民俗学家、红学家。1936年初随父母迁居北京，1947年毕业于北京大学中文系，1956年因工作调动定居上海。

邓先生出身于书香世家，少年迁居北京后，于长辈亲族处耳濡目染，且游走于俞平伯、谢国桢、顾廷龙、谭其骧等前辈学者间，对旧京遗事、燕京风物、北平民俗等熟谙于胸，在著作中娓娓道来，让人耳目一新，被谭其骧先生称为"不可多得的乡土民俗读物"，是呈现书香文脉、补益时代人文的优秀文化读本。同时，邓云乡先生长期从事《红楼梦》研究，以着重生活风物、服饰饮食等考证著称，更因《红楼风俗谭》一书成为87版电视剧《红楼梦》唯一的民俗指导。

邓先生学养深厚，笔耕不辍，著作等身。2015年中华书局出版的《邓云乡集》17种，囊括了他绝大部分著述，出版以来广受好评。今在其百年诞辰之际，推出图文精选本，择其代表著作中迄今仍引领阅读风尚者，每册约取六至八万文字，配以相关必要图片，以便读者借助文史大家的提点，便捷地领略中华民族博大精深的文化魅力。

中华书局2015年版《云乡话食》收录邓先生谈饮食掌故的文章85篇，今择取与当下饮食文化、风俗习惯密切相关的文章23篇，以见其荦荦大端。若读者希望进一步详细了解邓先生关于饮食文化方面的作品，请阅读《邓云乡集》（中华书局2015年版）中所收《云乡话食》等。

中华书局上海聚珍编辑部

2024年7月

目　录

早春嘉蔬

黄　瓜

瑞雪纷飞的正月初，在北京古老的四合院的小北屋中，花盆炉子中的火烧得正红，炉上水壶喷冒着蒸气，桌上一盆红梅开得正好，一盆水仙亭亭玉立，主人正招待远方的来客，在小小的桌子边，对面落座，喝杯春酒，吃顿便饭，首先端上来的就是一盘酱羊肉，一盘生切的翠绿的嫩黄瓜丝。屋中过暖，主客稍感口干舌燥，喝一口白干，吃一口酱羊肉，再吃一箸黄瓜丝，凉凉的，又香又脆，嘿，好爽口呀！

这京朝风味，在今天非常容易办到，但在过去，却是十分珍贵的。要知道，六七月间，那时一根黄瓜，不值一文小钱；而在正月里，那带着小嫩黄花的翠绿的黄瓜，它的身价却高贵非常，足可以和什么海八珍、陆八珍同入满汉全席了。

清人《京都竹枝词》云：

黄瓜初见比人参，小小如簪值数金。

微物不能增寿命，万钱一食亦何心？

这就是说的当年正月里的黄瓜，作者得硕亭是颇感慨的。北京这种风气早自明代就很讲究了。传说中有这么一件事：

在明代，有一年新正时，皇上要吃黄瓜，御膳房派太监出去购买，天寒地冻，哪里去买呢？这个太监由宫里走出大明门，来到"天街"上，正好看见一个人拿着两条翠绿的鲜黄瓜卖。太监如获至宝，连忙过去买。问多少钱一条，卖的人说："五十两银子一条，两条一百两。"太监说："你穷疯了，天底下哪里有这

▶ 黄瓜
齐白石绘

么贵的黄瓜。"那人说:"你嫌贵不要买,我自己吃。"说着就把其中一条三口两口吃掉了。太监一看急了,急忙要买他另一条,他说这一条要卖一百两,太监又与他争,他又说:"你嫌……"太监急坏了,怕他再吃掉,没容他说完,就连忙说:"我买!我买!"这样就一百两银子把根鲜黄瓜买走了。

这当然是一个杜撰的故事,但这传说

正证明了正月里北京特别讲究吃黄瓜，而这时黄瓜是极为珍贵的。北京冬日天寒，土地上冻，一般冻土有一尺多厚，在户外是绝对长不出蔬菜、花草的。那正月里摆在菜铺的案子上、摆在人家饭桌的盘子中，那碧绿的、满身芒刺、顶上还带着一朵小黄花的鲜嫩的黄瓜，是哪里来的呢？老北京都知道，是花洞子里培育出来的。它当年是北京正月里蔬菜中的"天之骄子"。《光绪顺天府志》记云："胡瓜即黄瓜，今京师正二月有小黄瓜，细长如指，价昂如米，用以示珍也。其实火迫而生耳。"

"火迫而生"就是说在花洞子中种的。那时花洞子是用简易木架搭成的一长溜暖室，后面土墙，顶子用高粱秸搭成抹泥，前高后低。那时没有玻璃，前面朝南全用旧账纸（一般东昌纸）糊好，沿后墙分几层培成土台，下面通火道，一头是炉子，一头是一缸大粪，花木、蔬菜都种在这几层土台上。花木叫作"唐花"，蔬菜（主要是黄瓜、扁豆、茄子等夏菜）叫作"洞子货"。北京是元、明、清以来的首都，园艺技术特别讲究，这种洞子货从明代以来就注重培植了。明代万历时王世懋《学圃余疏》中记道："王瓜，出燕京者最佳，种之火室中，逼生花叶，二月初即结小实。"

清初查慎行《人海记》中记云："汉太官园种冬生葱韭菜茹，尽夜蕴火，待温春乃生，事见《汉书·召信臣传》，今都下早蔬即其法。明朝内竖，不惜厚值以供御庖。"

王世懋的记载说明了明朝"洞子货"生产的情况。查慎行的记载，又把温室园艺技术上推到汉代，可见其历史之久远了。查慎行笔记中的"内竖"就是太监。十分巧合，也足以证明前面所引的那个传说中的故事，虽说杜撰，却是有些根据的了。

今天，北京郊区专种蔬菜的大型温室更多了，在正月里可以培育出大批的带着黄花的鲜黄瓜，翠绿的嫩扁豆，大量地供应首都的居民，那正月里把鲜黄瓜看作人参的日子永远过去了。那美丽的雪窗，温暖的小屋，甘醇的春酒，带着芒刺和小黄花的翠绿黄瓜，其情趣该多么值得人思念呢！

韭黄·菠菜

杜少陵《赠卫八处士》诗有云："夜雨剪春韭，新炊间黄粱。"所谓春韭，在早春的蔬菜中是珍品，也是美味。最嫩的是韭黄，又名黄芽韭，是北京正月里的最珍贵的嘉蔬。康熙时柴桑《燕京杂记》云："冬月时有韭黄，地窖火坑所成也。其色黄，故名。其价亦不贱。"

不过黄芽韭很耐寒，除去"洞子"（即温室）培植而外，在向阳的韭菜畦上，厚厚地铺上一层烂草、马粪等，春天稍一回暖，地气上升，照样可以发出肥嫩的黄芽韭。

北京人是很爱吃韭黄的，韭黄炒鸡蛋、韭黄肉丝，自然都是美味。如果做馅，猪肉韭黄，包饺子、蒸包子，也正是小康之家待客的高级茶饭。而最引远人相思的则还有"韭合子"，把面和得软软的，把猪肉韭黄馅拌好，把面擀薄，上面多摊点馅，再盖一张皮子，用大碗翻过去转边一按，去掉周围的面边，正是一个皮薄馅多的韭合子。加油在平底铁锅中烙熟。焦香四溢，一吃满嘴流油，那味道之鲜美，只有能干的家庭主妇才做得出。再大的餐馆，不管什么堂，什么居，总是做不出这样好的美味来。

人们说笑话，说是把麦苗当韭菜，嘲笑五谷不分的书呆子。其实在北京，韭菜和麦子还真有点关系。乾隆时谢墉《食味杂咏》注云："土产则圃人以麦种之蒜畦，芽出割之，气味居然韭也，此法晋人已有之，然而瘦硬寡味。"

除谢墉这样说而外，另外大经学家郝懿行《晒书堂笔录》中又说："冬天韭菜，乃从粪料蒸郁而成，食之损人，京厨肴膳，杂以麦苗，不尽用韭也。"

▶ 韭菜
（《毛诗品物图考》）

照这二位的说法，那就真是麦苗可以当韭菜了，只是不知道现在是否还有这样的办法？

北京早春名蔬，春韭之外，尚有菠菜，所谓"红嘴绿鹦哥"，也是十分名贵的。《帝京岁时纪胜》"二月"条云："菠薐于风帐下过冬，经春则为鲜赤根菜，老而碧叶尖细，则为火焰赤根菜。同金钩虾米以面包合，烙而食之，乃仲春之时品也。"

菠菜
（《三才图会》）

所谓"风帐下过冬"，就是用秫秸在菜畦上扎起一排短墙似的风帐，菜畦上用草帘子、乱草、马粪等盖着菜畦过冬的，这种菠菜，根部又粗又红，呈嫩红色，十分鲜艳。棵株极低，但叶子向四面铺开，极为茁壮，是北京早春极好的菜。将这种菠菜和金钩虾米做馅烙合子，吃起来又软又香，较之韭合子，又别有一番滋味了。这种菠菜在开水中一烫，待凉后和绿豆芽加麻酱、醋、蒜拌了吃，香喷喷，凉阴阴，那更是难得的美味了。

《京师食物杂咏》注云："菠菜京师三月黎明时，城外肩挑入市者接踵，比他菜多数倍，以其值贱于豆腐，故贫富家家需之。"

待到春三月到来，一场春雨过后，那菜畦之中，韭菜也绿了，菠菜也高了，菜的旺季也到了，那时每天黎明，韭菜、菠菜被菜农大量地肩挑进城，价钱自然比豆腐还要便宜了。

荠　菜

唐明皇的宦官高力士被流放到贵州时，看到贵州的荠菜很多，却没有人采来吃，便作诗云：

京师论斤卖，此地无人采。

贵贱虽有殊，气味终不改。

这首荠菜诗我凭记忆引用，个别字可能有出入，但基本上不会错。荠菜是野菜，分甜荠菜和苦荠菜两种。甜荠菜有一股清香，苦荠菜略带苦味，都是春天很好的野菜，南北各地都有，在北京不少人喜欢吃。清初柴桑《燕京杂记》云："荠菜遍生野外，穷民采之，清晨载以小筐，鬻于市上，味甚甘脆，《诗》云'其甘如荠'，信然。"

作者引用《诗经》的句子，说明我国吃荠菜的历史是极为悠久的。它最普通的吃法是用肉丝炒了吃，或是在开水锅中焯熟之后，切碎了和豆腐干拌着吃，再有用荠菜和肉做馅，包饺子吃，都是很可口的。在北京春天里吃荠菜馅饺子，和江南吃荠菜大馄饨、荠菜汤团、荠菜春卷一样，不只是清香可口，还是充满了春的喜悦的时鲜食物。寄寓在北京的江南人特别喜欢吃荠菜，还另有原因，一看到荠菜，便有春回人间之感，也会油然想到江南，想到故乡的风土。江南的

▶ 荠菜
（《诗经名物图解》）

春天，家家都吃荠菜，荠菜炒笋丝、荠菜
拌冬笋，那是属于春天特有的家常名菜
啊！许多年前，知堂老人（按，即周作人）
在西单菜市看到卖荠菜的，特地写了一篇
散文，谈荠菜之美，文中引用了一首江南
民谣："荠菜、马兰头，阿姐住在后门头。"

　　读过这篇文章的人，现在不少也都两
鬓华发，甚至有的人已白发盈颠了吧。这

是一首多么富有艺术魅力的天籁体的儿歌啊！也有人唱道："荠菜、马兰头，娶了娘子生丫头。"这则是以嘲弄的口吻，反映了旧时重男轻女的封建思想，不足为训了。

说到野菜，北京在历史上还讲究吃天坛龙须菜。清初周筼《析津日记》上记载："天坛龙须菜，清明后，都人以鬻于市，其茎食之甚脆。"《日下旧闻》引《帝京岁时纪胜》也说："三月采食天坛龙须菜，味极清美。"但这些只是书上的记载，在我的记忆中，在几十年前，再没有听说什么天坛的龙须菜了。大概人事沧桑，也波及京华草木，天坛龙须菜早已泯灭绝种了。再有，在榆树飘榆钱

▼ 榆钱树
《农政全书》

榆钱樹

的时候，把榆钱和面蒸熟，上锅稍放精盐、葱花，用油炒食之，北京俗说叫作榆钱"块垒"（可能不是这两个字，因为口语，一时写不出，只有请读者原谅了），极为香美。这是查慎行在《人海记》中记载过的，还是宫中官厨赐给翰林学士吃的珍品呢！

刘侗《帝京景物略》又有记载云："是月榆初钱，面和糖蒸食之，曰榆钱糕。"

《燕京岁时记》中也有同样记载道："三月榆初钱时，采而蒸之，合以糖面，谓之榆钱糕。"

吃榆钱糕的时候，已届暮春，花事阑珊矣。前因居士（按，即黄竹堂）《日下新讴》有诗云：

> 昼日迟迟渐困人，海棠开后已无春。
>
> 枝头忽见榆生荚，厨下时糕又荐新。

诗好，食品滋味好，生活情调好，这不正表现了高度的文明生活吗？

江南春色

新　茶

人们说到北京人喝茶，我不禁想起毛奇龄《西河诗话》中的一则记载："故事，茶纲入京，各衙门献新茶，今尚循故事，每值清明节，竞以小锡瓶贮茶数两，外贴红印签，曰'马上新茶'，时尚御皮衣，啜之，曰：'江南春色至矣。'"

这说的是新茶，所谓"明前""雨前"，实际是文人笔墨，皇家故事，事实上是虚应而已。真正清明前的茶叶是极少的，况且北京人喝茶，只讲"香不香"，不讲"新不新"的。富的喝茶讲究"小叶茉莉双薰"，穷的喝茶讲究"几个大钱的高末",并不管什么"一旗,一枪",也不懂什么"采得新茶及时烹"。《天咫偶闻》云:"京师士夫无知茶者,故茶肆亦鲜措意于此。而都中茶皆以茉莉杂之,茶复极恶。南中龙井,绝不至京,亦无嗜之者。"

原医是北京人喝茶,专喝"香片",就是用茉莉花熏过的花茶,而不喝绿茶、红茶。什么碧螺春、龙井、旗枪、炒青、普洱、铁观音,等等,都是外地人偶然买些,老北京是从不问津的。

北京的茶叶铺分为两大类:一类是零售的,著名大店旧时如东鸿记、西鸿记、张一元、吴德泰等,基本上都在前门外大栅栏一带。另一种是批发的,叫作"茶局子",生意做得都很大,大部分开设在北新桥一带。这些茶局子到安徽、浙江等地收购来茶叶,再在北京熏制加工,熏制成北京的花茶,主要是用茉莉花和茶叶密封在一起熏制。江南也能焙制花茶,但没有北京的好。江南熏好的花茶,运到北京还要重熏,零售时,再把鲜茉莉花拌入茶叶,谓之"茉莉双熏",实

际这种茶叶主要是花香，已非茶之真味了。

▼ 采茶
（约十八世纪外销画）

北京卖茶叶，过去习惯包成小包，如

果买一斤茶叶，可让店里包小包，每一两

茶叶包五包，共八十包。茶叶店里的伙计像中药铺包药一样，会把一札小纸，按行列整齐地摊在清洁光亮的柜台上，很快包好，又利落、又整齐，这在江南其他地方是很少见的。买茶叶不买几斤几两而买几包，完全可以。一毛一包的"小叶"，就是八元一斤的茶叶。过去用铜元，三大枚一包的"高末"，就是三十个小铜元一两的一级茶叶末子，这种说法，现在是很少人听得懂了，而几十年前，却是北京街头巷尾最普通的说法。"沏壶茶，三大枚一包的高末！"这是小茶馆中最熟悉而亲热的声音。至于"朝来慢点黄柑露，马上新茶包入京"，那是文人学士笔下的宫廷韵事了。最著名的是《红楼梦》中贾母品茗栊翠庵的故事，着重写妙玉讲究吃茶是如何的精，懂茶懂水，连大观园中第一号人物黛玉、宝钗都不在她眼下。黛玉是谁也不敢碰的，而妙玉居然当面说她是"大俗人"，她竟毫不介意，这真有些叫人感到是怪事，这也正反映了北京人是不大懂茶的。曹公着重写妙玉之论茶，意在写妙玉之清高。但茶道毕竟是高深专门的学问，如果把妙玉所论和明人张岱、李日华讲茶的文字来对照，便可

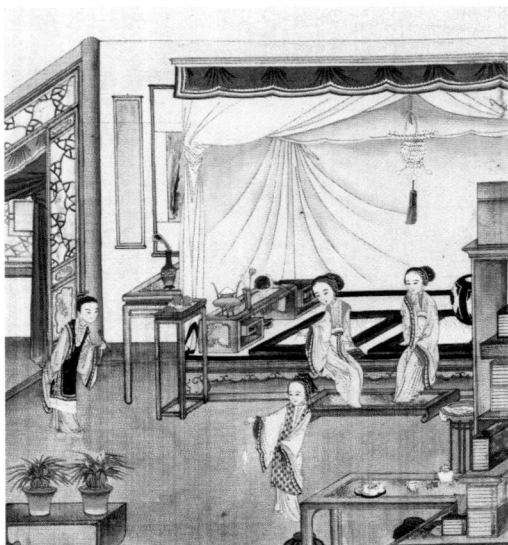

▼ 栊翠庵品茶

看出高下和深浅。此也正说明曹公所论，
并没有离开北京人说的茶，较之真正的茶
乡论茶专家，那是终逊一筹的。

久客南中，喝茉莉花茶的习惯早已改
变了，多年来，我习惯喝绿茶，龙井、旗
枪都好，但更爱喝新炒青，黄山云雾当然
更好，有甜味。我一直不喜欢喝碧螺春，
虽然它很名贵。有一年春天，友人送我一

盒新采的宜兴荼，我舍不得吃，托人带给俞平伯老师，先生来信云：

> 又转来佳茗，更感。阳羡之茶原是贡品，吴梅村诗云"敕使惟追阳羡茶"是也。其得名远在龙井之先，"羡"可读平声，音"夷"。昆曲《茶叙》云："竹垆烟销阳羡春。"先辈每如此读，今知者鲜矣。聊博一粲。

因忆京华茶事，把先生的信引用在这里，这是几年前写的，先生自此后，日渐衰老，信也不能写了。

消暑清供

西　瓜

元人欧阳原功《渔家傲》词，咏北京岁时风土，共十二首，每月一首，笔致极为雅隽清丽。其《六月》云：

六月都城偏昼永，辘轳声动浮瓜井。海上红楼欹扇影，河朔饮，碧莲花肺槐芽沈。

绿鬓亲王初守省，乘舆去后严巡警。太液池心波万顷，闲芳景，扫宫人户捞渔艇。

所谓"浮瓜沉李"，没有吃过井水，没有用过辘轳现绞冰凉的井水来浸瓜吃的人，是很难体会欧阳圭斋这首词的情趣的。北京旧时吃井水，如果家中有口好井，现绞出的井水，即使在三伏天，也不过临近冰点的三四度的温度，用来浸瓜，浸透之后，吃起来真如嚼冰咀雪，满口既凉又甜。"浮瓜井"，就是把瓜扔到井里浮着，吃时再用辘轳绞上来。

北京出产好瓜，永定门外大红门一带，沙果门外，北面远郊区顺义、沙河等地，旧时都有不少好瓜地，也有不少世代

为业的好瓜农。先是甜瓜、香瓜上市，后是西瓜上市。《燕京岁时记》所谓："五月下旬，则甜瓜已熟，沿街叫卖。有旱金坠、青皮脆、羊角蜜、哈蜜酥、倭瓜瓢、老头儿乐各种。六月初旬，西瓜已登，有三白、黑皮、黄沙瓤、红沙瓤各种。沿街切卖者如莲瓣，如驼峰，冒暑而行，随地可食，既能清暑，又可解酲。"

实际还不止这些品种。如甜瓜中的"灯笼红"，西瓜中的"六道筋"，也都是很好的品种。有一年永定门外大红门一带的瓜农引进广东种、（中国）台湾种、日本种的瓜籽，培育出花期早、上市早的早花西瓜，个子虽不大，但瓤中瓜子少，而且个个又甜又沙，后来成为北京西瓜中最好的品种了。

种西瓜最好是沙地，北京四郊这种地很多，瓜农们辛辛苦苦地世代经营。旧时种西瓜是很麻烦的，瓜藤要用沙土逐根压好，施肥一定要用大粪，开花时要养花，要人工授粉，一般要按瓜秧逐棵把根瓜、梢瓜留好。瓜长到一定时候，还要用稻草、麦秸编个圈垫好，到时候瓜地里要搭窝棚，住在里面日夜看瓜。有出京戏《打瓜园》，其背景就是这种瓜田、瓜农。看瓜的瓜农一早一晚，小板凳坐在瓜棚前，抽着叶子烟，喝着酸枣茶，和人闲聊着，等着瓜贩子来趸瓜。过路人要吃个瓜，多少给两个钱，甚至不给钱，叫声"大爷"，道个"劳驾"就可以了，种瓜人和他的瓜同样的沙甜厚道，"斜阳古道卖西瓜"，诗的意境永远是值得回味的。

六月（指农历）里，街头巷尾，到处都有卖西瓜的。卖西瓜的有一套切瓜的功夫，也有一套挑瓜的本事。奉过一个来，先看看四周光不光，圆不圆，有没有磕磕碰碰的地方；再看瓜藤，要碧绿的活秧，不要焦黄的死秧；再看花蒂处，叫作"收花"，收花越小越好；再拍拍弹弹，听听声音，生瓜硬如石块，瘆瓜音如败絮；拍上去声音如打足气的篮球，便是好瓜。有此水平，便可以赌打瓜了。"打瓜"也是一种赌，你拣一个，我拣一个，同时打开，看谁的好，赌输的付钱，十分有趣，哈哈一乐，谁还记得此乐呢？

奶　酪

李慈铭《越缦堂日记》同治三年（一八六四）正月初十日记云："吃牛奶一器，北地得此颇难，惟夏间盛饮冰酪，而余时无人知者。"

越缦老人这则日记，说错了一半，说对了一半。错的一半是说北地得牛奶颇难，这并非事实。当年北京有不少奶子铺，虽无现代化的消毒牛奶，买碗一般奶子吃，并不困难。《红楼梦》中的凤姐，不是一起身就吃了几口奶子吗？对的一半是说"夏间盛饮冰酪"，这真是一种奶制的最好的夏季食品，用琼浆玉液来形容，是毫不为过的。《同治都门纪略》所收《都门杂咏》中荷包巷奶酪（荷包巷旧分东西，在前门箭楼一带，早已焚毁）诗云：

闲向街头啖一瓯，琼浆满饮润枯喉。

觉来下咽如脂滑，寒沁心脾爽似秋。

这"下咽如脂滑"说得很好，实际上比"脂"还要滑，甜甜的，冰凉地咽下去，滋味是很难形容的。奶酪的制法，是把牛奶加白糖或冰糖烧开，盛在小瓷碗中，冷却后掀去奶皮，实际也就等于脱脂。然后把酒酿、白酒每碗中滴入数滴，使其凝固，放入冰箱中，冰镇一段时间取出，便成为一碗雪白的比嫩豆腐还嫩的奶酪了。端上来时，碗上冒着冷气，奶酪上放一片鲜红的山楂糕，或几点金黄的糖桂花，吃在口

▶ 卖酪的
（《京都叫卖图》）

中，寒沁舌喉，甜润心脾，似乎任何奶制冰点，如外国的什么"樱桃圣代"、紫雪糕等都无法比拟。这虽是地地道道的北京清凉妙品，但却是蒙古的做法。元人《饮膳正要》一书中有详细的说明。其后在有清一代中，却成为北京人，尤其是旗人最爱吃的清夏冷食了。

奶酪不只好吃，还很好看，品种也很多。近人沈太侔《东华琐录》记云：

> 市肆亦有市牛乳者，有凝如膏，所谓酪也。或饰以瓜子之属，谓之八宝，红白紫绿，斑斓可观。溶之如汤，则白如饧，沃如沸雪，所谓奶茶也。炙奶令热，热卷为片，有酥皮火皮之目，实以山楂核桃，杂以诸果，双卷两端，切为寸断，奶卷也。其余或凝而范以模，如棋子，以为饼，或屑为面，实以馅为饽。其实皆所谓酥酪而已。

沈太侔说的很细致。过去在北京吃奶酪，主要到奶子铺去吃，如西城甘石桥的二合义，前门外门框胡同的一家小铺，都有很好的酪供应。其次就是酪担子，挑着串胡同叫卖。《一岁货声》注云："闲卖一年，担二木桶，层层设碗，带奶卷，夏用冰镇。"

这都在大门口就能买到，是十分方便的。所说奶卷，就是制酪时掀起的奶皮，像豆腐皮一样，上面铺点核桃仁卷成一卷，样子像江南的寸金糖一样，吃起来又酥又香。不过比起酪来，是完全不能相提并论的。那冰凉滑腻的酪，吃在口中真像佛家所说的"如饮醍醐"，什么时候能再吃碗酪呢？

梅　汤

一到热天，就想起酸梅汤，想起琉璃厂信远斋来。老实说，信远斋的酸梅汤我喝的并不多，因为与他家相交太熟，反倒不好意思去常买来喝了。

北京卖酸梅汤的很多，历史也很久远，早在乾隆时，经学家郝懿行《晒书堂诗钞》中，就有竹枝词咏梅汤云：

底须曲水引流觞，暑到燕山自解凉。

铜碗声声街里唤，一瓯冰水和梅汤。

《燕京岁时记》也记载云："酸梅汤以冰糖合酸梅煮之，调以玫瑰、木樨、冰水，其凉振齿。以前门九龙斋及西单牌楼邱家者为京都第一。"

从郝懿行的竹枝词，到富察敦崇所记，前后差不多已一百五十年了。所说九龙斋，在前门瓮城内，即箭楼与城楼之间，历史也很长了，早在咸丰时来秀《望江南词》中，就有一首咏九龙斋云：

都门好，瓮洞九龙斋，冰雪涤肠香味满，醍醐灌顶暑氛开，两腋冷风催。

晚近则以信远斋名气最大了。信远斋在东琉璃厂西口路南，小小的两间老式门面，红油门柱，绿油窗棂，磨砖对缝，十分精致。一块不大的黑油金字牌匾，上写"信远斋"三字，圆润妩媚，标准的馆阁体，是

▶ 卖酸梅汤
（《清国京城市景风
俗图》）

▶ 老字号"信远斋"
匾额

清宫异宝　御制桂花酸梅汤

信遠齋

老翰林朱益藩的手笔。从外表看，完全和
琉璃厂其他小古玩铺、小书铺一模一样，
不知道的人，不会想到它里面卖的并不是
书画古玩，而是甜腻腻的蜜饯食品和全北
京——也可以说是中外闻名的酸梅汤。信
远斋并没有分号，主人姓萧，河北衡水县

人，行三，按照北京老派称呼，可以叫声萧三爷。萧氏家族中原本是开书铺的，清末多有改行者，有的结交官宦，弄到"盐引"，成为盐商，有的改行卖了清凉饮料酸梅汤，大大的出了名，这也可以说是当年琉璃厂的创举了。

酸梅汤的做法，按照《燕京岁时记》所载，主要是将酸梅、冰糖熬汤。郝懿行《证俗文》说："今人煮梅为汤，加白糖而饮之。京师以冰水和梅汤，尤甘凉。"

当然，最好是冰糖，一般则多是白糖了，早年间是没有糖精等骗人的玩艺的。遐迩闻名的信远斋酸梅汤，是用最好的乌梅、最好的冰糖熬成原汁，绝对不会往里头羼水。有人说，熬时还加了砂仁、豆蔻，不过这属于萧家的技术秘密，外人不得其详了。酸梅汤内要加桂花，倒是真的。也有人说，信远斋把桂花水泼在门口，路上老远就闻到香味，所以过路人禁不住要进去喝一碗。事实上也不一定，只是每年夏天门前搭起天棚，午后在门前用喷壶一再喷洒，觉得分外阴凉罢了。

北京卖酸梅汤的很多，庙会上摆摊卖的质量也很好。清末《爱国报》所编《燕京积弊》有一段记云：

> 每年一到夏季，北京有种卖酸梅汤的，名为是小买卖儿，可也不得一样，真有摆个酸梅汤摊儿，得压一二百两银子的。甚么银漆的冰桶咧，成对儿的大海碗咧，冰盘咧，小瓷壶儿咧，白铜大月牙，擦了个挺亮，相配各种玩艺，用铜索链儿一拴，方盘周围都是铜钉儿，字号牌也是铜嵌，大半不是路遇斋，就是遇缘斋。案子四周围着蓝布，并有"冰镇梅汤"等字，全用白布做成，上罩大布伞，所为阳光不晒。青铜的冰盏儿，要打出各样花点儿来。

《燕京积弊》的文章写得多么通俗，本来嘛，北京做了几百年文明古国的都城，没有点儿特殊的东西行吗！一个卖酸梅汤的摊子这么考究，正代表了古老北京的文明！

冰　碗

古人说："国以民为本，民以食为天。"这话的确是有点道理，就以游山玩水来说吧，如果没有一些风味小吃来吸引游人，风景再好，往往也感到索然无味。

什刹海荷花市场上的零吃摊子很多，最经济的是坐在小板凳上喝碗豆汁，吃点焦圈和辣咸菜；甚至站着吃碗老豆腐或豆腐脑；如果喜欢甜的，便吃盘凉糕，或者吃两块现出油锅的炸糕。这些都是常见的小吃，各有其清新的风味和营养价值。当然是否对您的口味，那是另外一回事了。这些当年也曾形诸文人的笔墨。《春明采风志》所收《莲塘即事》中，有一首《炸糕摊》云：

> 老头小本为生意，紧靠墙根倒把牢。
> 就怕人多车卸满，炸糕有信要糟糕。

不过对这些我却不想做过多的介绍，因为它并不

▶ 二十世纪四十年代的荷花市场

▶ 吃冰碗

（二十世纪四十年代）

能代表荷花市场的特征。这首诗平平无奇，也显示不出荷花市场的风味特点。能够代表荷花市场特征的精美食品，应该是河鲜、冰碗和鲜莲子粥。

什刹海前后海水面虽然不算太大，但当年除去中间有一条较深的水道外，两边比较水浅的地方，种上荷花、菱角、鸡头（即"芡实"）也能出产不少东西。这些鲜货在荷花市场上现摘现卖，雪白的、又脆又嫩的白花果藕；大把的、十个一扎的大莲蓬；翠绿的、带着刺的大鸡头；成堆的、嫩绿的泛着红色的菱角，边上摆着一大块冰。一个头剃得精光，身穿着白洋布坎肩的健壮汉子叫卖着，这就是荷花市场的河鲜。有些人在研究《红楼梦》的文章中，认为"北京决不能生长"菱，这是没有逛过荷花市场，没有吃过什刹海河鲜的原因。

茶棚中的精致点心：把鲜藕嫩片、鲜莲芯、鲜菱角肉、剥出来的鲜鸡头米，去了衣的鲜核桃肉、鲜甜杏仁等，放在一个细瓷小碗中，加点糖，上面再放一小块亮晶晶的冰，吃起来又香、又脆、又凉，真可以够得上

"口角沁香入齿牙"了。这就是冰碗。清末魏元旷《都门琐记》云:"藕本南方物,远逊于北,清脆甘润,了无渣滓。席中与鲜核桃、莲子、菱米,同入冰碗。"

稍后徐珂《清稗类钞》中也记道:"饤盘既设,先进冰果。冰果者,为鲜核桃、鲜藕、鲜菱、鲜莲子之类,杂置小冰块于中,其凉彻齿而沁心也。"

这都是河鲜、冰碗的记载,是荷花市场最精美的食品。

煮得极软的京西碧粳大米加香糯米的粥,等凉了之后,盛在釉下蓝的细瓷碗中,上面放上煮得极酥的鲜莲子、脆生生的鲜核桃仁,上面堆雪白的雪花绵白糖,再稍消洒上点青丝、红丝,这样精美的粥,就是什刹海著名的鲜莲子粥。这样的粥,不要说吃在口中,即便看上一眼,也觉得甜滋滋地要咽口水。当然,这样的粥,也只有坐在什刹海大席棚下面对着老柳荷塘,悠悠然地吃,才更有味道。如果说青年宜于吃冰碗,老年喜食莲子粥,那当年惯于吃冰碗的人,现在当更怀念那甜津津的鲜莲子粥了吧？

冰激淋

冰激淋本来是舶来的食品，但当其制法一传到北京，那古老的都城便也有了她自己的冰激淋了，连老式的敲冰盏卖冰的小贩，也会唱："冰激淋，真叫凉。鸡蛋、牛奶加白糖……"

当然，那时吃冰激淋的人，也以新派人，尤其是青年学生为主。记得一位清华老校友，他是我的表兄，"七七"之前，他在清华做学生，最爱吃成府街上小铺的冰激淋，后来参加了革命。解放后回到北京，见面第一件事，便是让我陪他去吃冰激淋，可见北京冰激淋是多么使得远人为之思念了。

庚子前后，不少外国东西陆续传入北京，吃大菜成为时髦的事情，于是大菜、洋面、荷兰水、冰激淋，等等，便为北京人所接受。尤其是冰激淋，因为制作方便，而北京夏天又有大量藏冰，材料便宜，销售容易，利润很高，大家便都争着做来卖了。以西单一隅说吧，在三十年代初，制造冰激凌出售的，不算小商小贩，只算大、中字号，就有中华斋、半亩园、滨来香、亚北号、五强豆乳社、饮冰室、益锠号等十几家之多，不但店中零售，还可整桶送到顾客家中，其他自制自销，摆摊的、串胡同的小商贩，那更数也数不清了。

冰激淋的原料是鸡蛋、牛奶、淀粉、白糖，这些当时在北京都是极为便宜的。

▶ 二十世纪四十年代的荷花市场（右侧店铺上有"冰激凌"字样）

鸡蛋一元钱可买一百来个，白糖一百斤一包也只卖九元左右。摇一中桶冰激淋，用上十个鸡蛋，一斤牛奶，半斤白糖足够了。再加淀粉浆，以及桶外用于冷却的冰和食盐，成本最多不过三毛多钱，但售价小桶一般九角，中桶一般一元五角左右，有四五倍的利润了。

那时整个北京，还没有什么冰棒、冰砖、雪糕之类的东西，有的只是冰激淋和雪花酪。加牛奶、鸡蛋等摇起来的就是冰激淋；单纯用开水冲淀粉汁摇起来的，没有黏性，便是雪花酪，实际冰激淋没有酪好吃，只是名称好听罢了。

老式的制冰激淋法：一个大木桶，桶内放冰和盐，冰中间再放一个马口铁桶，铁盖上有孔，一根轴通下面，四周有叶片。轴上有平齿轮，摇把上有竖齿轮，两轮相交，一摇手柄，轴即带动叶片旋转，这种古老的冰激淋摇桶现在大概无处购买了。铁桶内放淀粉浆（如稀藕粉）、鸡蛋、牛奶、白糖及香料或果汁，大约旋转三十分钟左右，桶中的鸡蛋等物，便被冻凝浑然一体，成为可口的冰激淋了。当时有不少人家，自己买了这种冰激淋桶自己摇，也十分方便，当然也更合算。

单纯用鸡蛋、牛奶、白糖加香料摇成冰激淋，吃起来入口腻而滑，一点冰碴都没有，现在这种冰激淋是很难吃到了。

因为冰激淋是摩登食品，一般旧派人很少问津，宁吃奶酪、果子干，喝酸梅汤，也不吃冰激淋。北京东安市场的其士林、国强，米市大街的青年会餐室，都有很好的手摇冰激淋出售，腻、滑、凉、甜，入口即化，其味道比电机制造的冰砖等不知好多少倍。西郊在成府街上小铺中，也有极好的冰激淋卖，记得卖两三毛钱一杯，在当时是十分昂贵的了，那是专门卖给当时清华、燕京两个大学的师生的。在城里胡同中，打冰盏的小贩也叫卖："冰激淋、雪花酪，好吃凉的你就开口啵……"那味道也很不错，价钱自然便宜多了。

尝鲜夏秋

冬虎拉槟·桃

北京的水果比江南多，上市也早，伏天一到，虎拉槟（又名虎拉车、火里冰）、桃儿等就陆续登场了。严缁生《忆京都词》云："忆京都，桃实满天街。贩来虽说深州好，采得还夸董墓佳。不似此间生且涩，食之还虑伤脾泄。"词后注云："京都多佳果，如夏之火里冰，小于苹果，大于花红，冬之鸭儿梨、水葡萄皆南中所无。桃以董思墓所产为最。"

所说火里冰，是一种类似苹果的小水果，皮很细，黄红色相间，吃起来十分甜脆，有一种清香，成熟最早，一般农历六月底、七月初就可上市了。上市早，产量多，不为人们所重，价钱十分更宜，买起来甚至不论斤而论堆，几个钱一堆，十大枚就可买一大堆虎拉车，差不多有一二斤。儿童们买上一堆，洗干净，放在盘子中，一下午也吃不完。

▶《桃宾牡丹图》
（清）赵之谦绘
上海博物馆藏

如果说虎拉槟是不登大雅的果品，那还有可入"仙家清供"的名品在，那就是桃，上市也极早，最早的麦熟桃，在五月麦秋时就已成熟，其后即为朱颜青，再后为玛瑙红。《光绪顺天府志》云："桃，按今土人以六月采食者为朱颜青，味甘而脆，可蜜煎为脯。七月采食者为玛瑙红；

中秋后采食者为雁过红。"

其实北京出产的品种，真不止志书中所说的这些。据乾隆时潘荣陛《帝京岁时纪胜》记载，桃之品种有鹰嘴桃、银桃、五节香、秫秸叶、银桃奴、缸儿桃、柿饼桃，等等。乾隆时汪启淑的《水曹清暇录》也记云："都门市中水果，味之美者，桃有八种，而肃宁最佳。"

北方最著名的水蜜桃是深州桃和肃宁桃，北京市上有深州、肃宁运到北京出售的客货，在香山、西山桃园中更有不少从深州、肃宁引进、嫁接成功的良种。北京出产的深州桃、肃宁桃，皮薄水多，甜香浆浓，不见得逊色于原产地所出者。严缁生词注中还说："桃为最，来自深州者较大，然以董思墓所产为最，比沪上之水蜜桃，殆胜百倍。董思者，前明内监也。但非枢臣相识者，未易得食。"

深州在河北（按，深州属河北省），董思墓在京郊，两句连在一起，说的就是京郊引进的佳种桃，比深州的还好。汪启淑说的肃宁，则在京南，末科状元刘春霖老先生的家乡，实际也等于北京远郊了。

有一年夏天逛香山，先从樱桃沟兜了一个圈子出来，走得又热又累，几个人坐在路边树下休息，望着静宜园的门和"鬼见愁"的山头发呆，都感到有些心有余而力不足了，是上山呢，还是打退堂鼓回城呢？正在犹豫之时，树下转过一个头戴草帽，上身光着脊梁的孩子，手里提着一个篮子，怯生生地问大家："要买个桃儿吃吗？"三四个人异口同声都要买，拿过来一看，篮中只有十来个桃，数虽不多，却只只鲜美，毛茸茸的，白多红少，是真正肃宁种大蜜桃，刚从树上摘下来的，卖五分钱两个……这是我有生以来吃过的最好吃的蜜桃，我想三千年一结果的蟠桃不见得有它好吧？从此我总是叮咛夏天去北京的人，如果去香山，千万不要忘了向路边那个可爱的孩子买个桃吃啊！

菱　角

北京虽然地处北方，却也出产许许多多江南的东西，这是别的地方无法比拟的。有人在文章中曾说："试问，北京哪个园中可以采得新鲜的红菱？""哪个园中"，很难答复。但北京出产菱，却千真万确，早在明清两代，几百年中都有出产。明代蒋一葵《长安客话》记载西湖（即昆明湖）的情况道："万历十六年（一五八八）……近为南人兴水田之利，尽决诸洼，筑堤列塍，为畲为畚，菱、芡、莲、菰，靡不毕备，竹篱傍水，家鹜睡波，宛然江南风气。"

清末富察敦崇《燕京岁时记》又道："七月中旬，则菱芡已登，沿街吆卖曰：'老鸡头，才上河。'盖皆御河中物也。"

不必多举例，只此两则，一个明末的记载，一个清末的记载，便足以说明北京是的确产菱的了。

北京有不少的水面，夏天天气够热，有适宜的气候，只要有种子，又会种植，便能种出菱来。北京曾建都几百年，南方流寓人口很多，传来不少水生植物的种植技术，蒋一葵所说"南人兴水田之利"，这都是真实历史情况。菱的种类很多，三角、四角、二角，或大或小，颜色有绿，有红，有绿中带红，还有咖啡

色的老菱。《光绪顺天府志》云："海淀今产菱，极小而三角，如南方之野菱，土人呼为菱角，生啖不甚甘脆，惟蒸曝亦可充粮。"

几十年前，什刹海、德胜门外鸡头池、菱角沆出产的菱角，并不是极小的，是比江南野菱、小红菱略大一些的两角小菱。生时绿中泛红，煮熟后呈褐色，吃起来极其鲜嫩，较之江南老菱好吃得多。

我也曾多次吃过苏州金鸡湖的菱、嘉兴南湖的菱，如果秋天火车经过嘉兴，总忘不了从窗口买一小篓脆生生的嫩菱。我知道菱的种类是很多的。文震亨《长物志》记菱云："两角为菱，四角为芰，吴中湖泖及人家池沼皆种之。有青、红二种，红者最早，名水红菱，稍迟而大者，曰雁来红；青者曰莺哥青；青而大者，曰馄饨菱，味最胜。最小者曰野菱，又有白沙角，皆秋来美味。"

这些名称，都是十分美丽的。《光绪顺天府志》是缪荃孙等江南人编写的，所说海淀野菱，我未见过，但什刹海现采的鲜菱角，和门口叫卖的菱角，我是十分熟悉的，很像江南的雁来红。我想如有留心农艺的有心人，把水红菱的种子引到北京，也一定会能种活的。大观园种出小红菱，怎么就不可能呢？汪启淑《水曹清暇录》记北京果品云："菱有三种，而小红最佳。"

这不是《红楼梦》所写白玛瑙盘子装红菱的明证吗？

立秋前后，菱角、鸡头上市叫卖。喊声："哎——菱角哎，老鸡头哎。"卖的小贩，斜背着一腰圆的木箱，上面有盖，盖下有湿布苫着，里面是煮熟的菱角。边上放着一叠裁好的鲜荷叶，和一把三四寸长的夹剪，论个卖，记得一大枚总可买五六个吧。有人买时，小贩放下箱子，扛开盖，把半张荷叶摊在一边，右手拿夹剪，左手拿菱，先把两头的尖角一剪，再拦腰剪一刀而不剪断，吃的人，一掰两半，半只壳，只要用手一捻，那鲜嫩清香的菱角肉就出来了。剪起来，咔嗒咔嗒，迅速利索，一会儿那半张鲜荷叶上就是一大堆，你就可以捧着吃了。

在皇城根苏园若干年的童年生活中，我熟悉了那位卖菱角的汉子，也熟悉了他手中的那把夹菱角的夹剪，和他那熟练的、飞快的剪菱角的技艺，老实说，我在江南菱芡之乡飘荡了几十年，还没有再看见过同样的人和物呢！

但话又说回来了，近若干年回到北京，却从来没有看到卖菱角的。大概现在北京的确没有菱角吃了……

花红枣

北京的枣树特别多。"在我的后园,可以看见墙外有两株树,一株是枣树,还有一株也是枣树。"鲁迅先生在文中写过这样的名句。秋风一起,这数不清的枣树就累累垂红了。

清初布衣周筼在《析津日记》中记云:"苏秦谓燕民虽不耕作,而足于枣粟。"这里所说"燕民",还是所谓"风萧萧兮易水寒"时燕国的老百姓。那时北京人耕作与否,且不多谈;但当时枣树、枣子特别多,那是肯定的了。北京从古以来,就是出产枣子的地主。不但是以培植果树为生的山村,到处枣树丛生,即使北京城郊、城里到处也都可看到枣树。小时候住在西城苏园,靠西墙一带全是枣树,作为护墙树,极不为老园丁所重视,只是秋天结实累累,却是孩子们的乐园。"忆昔十五心尚孩,一日上树千百回。"骑在树杈上,随手摘脆枣吃,其欢乐是无法形容的。少陵老去,

▼ 宜兴窑紫砂描金
堆绘打枣图大笔筒
清雍正
故宫博物院藏

写出了千古白头人的同一心理，正是所谓"白头犹有童心在"了。

北京城里有不少以枣树命名的街道，西城府右街中间有一个胡同叫枣林大院，宣武门外白纸坊附近有枣林前街。这都是北京历史上枣树特多的明证。至于鲁迅先生的名句，那就更证明北京人家院子中的枣树也是非常多的了。初秋之际在胡同中散步，常常见到挂满花红嫩枣的枝丫，从人家小院的矮墙上伸出来，尤为幽静可观，我每每痴情地望着这种可爱的美丽街景，曾于雨后写小诗云：

炎暑几日蒸，一雨新凉乍。

劳人时梦远，听雨宣南夜。

朝来天似洗，清芬盈庭厦。

隔帘两三花，牵牛娇如画。

散策陋巷行，幽思大可话。

街槐花犹香，墙枣已满挂。

……

枣树春夏之交开绿幽幽的小白花，有微微的甜香，引来大量的蜜蜂，采花酿蜜，谓之枣花蜜，是蜜中的佳品。枣林前街附近有唐代古刹崇效寺，历史上就叫枣花寺，这个庙名似乎更富于诗意。这些都足以说明北京的确是个出产好枣子的地方。一到农历七月末、八月初，则满街都是卖脆枣，又名花红枣的了。枣子在树上，未熟时是碧绿的，秋风一吹，饱满肥壮的绿枣子，上面便有了枣红色的斑点，故叫花红枣。因生吃既甜而脆，又叫作脆枣。细心的姑娘们，用小刀把小小的枣子削了皮吃，极为香脆可口，别有风味，这是其他地方的枣所无法比拟的。

乾隆时谢墉《食味杂咏》注云："新枣，家乡新枣，淡而无味，色青白，微带红点，俗名白蒲枣，晒后干之乃甘。京中新摘者独佳。王桢《农书》谓南枣坚燥，不如北枣肥美。盖亦指新枣而言也。"

连王桢的《农书》也称赞北京的花红枣，可见其多么佳美了。

北京脆枣，最好的属郎家园的，贩卖者称之为"圪垯蜜"，言其滋味之甜香，如一块蜜也。枝巢子《旧京秋词》中有一首道：

> 梨从海氏圣前摘，枣自郎家园里来。
> 冰子苹婆同入市，却输生脆虎拉车。

按，海圣即海兰察之坟地，郎家园即乾隆时有名宫廷画师、意大利人郎世宁的坟园，其地在阜成门外。现在不知还有没有，恐怕知道郎家园枣的人现在也不多了。

京郊农人，冬天把枣子中间用烧红的火筷子一烫一穿，每个枣子中间把枣核烫掉，成为一个洞，吃起来不但无核，也焦脆可口，成为一种风味，这就是有名的脆枣，是外地所没有的，想来吃过这种脆枣的人该不少吧？

秋　果

久客江南，看闲书以解乡思，读沈太侔《春明采风志》记《果子摊》云："中秋临节，街市遍设果摊：雅尔梨、沙果梨、白梨、水梨、苹果、林檎、沙果、槟子、秋果、海棠、欧李、青柿、鲜枣、晚桃、桃奴。又有带枝毛豆、果藕、红黄鸡冠花、西瓜。"

读这段记载，如果是他乡人，可能觉得文字太琐碎了；而我这个华发游子读着，却感到作者写的太美了，那五光十色的色彩，那随风飘散的甜香，像是迎面扑来一样，我仿佛又回到西单牌楼、后门桥头、隆福寺街、东安市场，是那样的诱人，是那样的亲切啊！

北京可以说是水果之乡吧，曼殊震钧氏《天咫偶闻》中说："京师之果味以爽胜，故俗有南花北果之谚。"这话是不假的。乾隆时汪启淑在《水曹清暇录》中，对于北京果品，有大段的记载，计桃有八种，梨有五种，栗有三种，葡萄有六种，枣有五种，李有五种，瓜有九种，柰有二种，菱有三种，杏有三种，其他苹婆果、文官果、白樱桃，应有尽有，洋洋大观，实在不愧北果之称。

▶ 水果摊
（《中国清代外销画》）

秋风一起，秋果上市，农历八月，到了高潮，各处街头，都摆出五光十色的果子摊，吊着三百瓦的大灯泡，入夜光芒耀眼，一直营业到深宵，那绯红的苹果、蜡黄的鸭梨、晶碧的马奶葡萄、莹紫的玫瑰香葡萄、挺然直立的娇红的鸡冠花，那简直是迷离的童话世界。果子摊各闹市都有，最好的是东安市场、西单、东四一带的大摊，他们天天破晓到德胜门果子市进货，回来开篓之后，再加以精心拣选，分出等级。摆出来时，轻拿轻放，不能碰坏一点果皮，更不能碰坏一点果霜。偶然有一枚果蒂稍长，带有一片叶子的，更为珍贵，堆在筐箩中时，把它放在最上面，翘着一片叶子，总像是刚刚由树上摘下来的一样。北京出产的北山苹果，在果子挂树时，每只都用白棉纸包起，以防虫蛀。包时在白棉纸上用墨笔写上大的"福"字和"寿"字，着墨处不透阳光，果子成熟摘下后，绯红的果子上便有一个淡绿的字，商贩把这种有字的苹果，按"福、禄、寿、喜"字样依次摆在最高层，炫人眼目。真是争奇斗胜的艺术创造，醉人的童话境界呀！

包果子用菁草包垫底，内衬鲜荷叶，把果子轻轻放好，上盖厚苴纸，再盖一张印有字号名称的大红纸，扎成见棱见角的长方包，谓之蒲包。这在那时是最便宜的水礼，也是代表了最淳朴友情的礼品。

"今儿是几儿来？十三四来，您不买我这沙果、苹果、闻香的果来。哎，二百的四十来。"

这是闲园菊农在《一岁货声》中所记果子摊的叫卖声，真是太美了，可惜没有录音机把它记下来，也没有灌唱片，现在有谁能再吆呼一声呢，这悠扬的像沙果一样的又甜又沙的歌声……

炒　栗

旧时秋风一起，北京街头的糖炒栗子就上市了。忘不了西单牌楼西源兴德干果子铺门口，支着大铁锅，锅里是黄得放亮的栗子和黑色的砂子，店伙挥动平铲，沙沙地炒着，老远地就能闻到那诱人的甜滋滋的焦香。

"现出锅的糖炒栗子"，伙计有腔有韵地吆喝着。"来半斤！"捧过来隔着粗草纸包，摸着还烫手，两个朋友，一边走，一边剥着吃，一边说笑……

北京的糖炒栗子是有悠久历史的。陆游《老学庵笔记》记有李和儿的故事：李和儿本是北宋都城汴京著名卖炒栗的，金人打来，汴京沦陷，著名店户，南北流离，李和儿却被掳掠到北京，不能归去，日夜思念故国。后来有南宋使臣到燕山，他拿了许多炒栗，献之马前，并向使臣倾诉故国之情，说明自己就是昔日东京李和儿，说罢洒泪而去。这就流传下北京著名的糖炒栗子。

北京西面、南面广大的地区都出产栗子。柴桑《燕京杂记》云："栗称渔阳，自古已然，其产于畿内者在处皆美，尤以固安为上。"

固安县就在京南，而且出产的是最好的栗子。不过人们总认为干鲜果品由西南山区来的最多，所以都盛称良乡栗子。在江南苏沪一带，良乡成了栗子的代

名词，大书"天津良乡"于肆门，更使人
有些莫名其妙矣。

北京栗子的优点，在于又甜、又糯，
比南方的大板栗子质量好得多。尤其入冬
之后，天气越冷，栗子的味道越甜。炒时
要把栗子和粗砂子混在一起，一边用大锅
铲炒，一边往上洒饴糖水。炒熟之后，铲
在筛中，筛去砂子，剩下的便是紫光光、
热乎乎的糖炒栗子了。把
筛出的砂子，趁热倒回锅
中，可继续再炒第二锅。

清人笔记中写炒栗
的很多。郝懿行《晒书
堂笔录》记炒栗街景云：
"余来京师，见市肆门外
置柴锅，一人向火，一人
坐高兀子，操长柄铁勺频
搅之，令匀遍。其栗稍

▶ 栗犬图
（清）佚名绘
故宫博物院藏

大，而炒制之法，和以濡糖，藉以粗砂，亦如余幼时所见，而甘美过之。都市炫鬻，相染成风，盘饤间称美味矣。"

郝懿行时代的北京炒栗，以黄皮胡同一肆最出名。朱珪《上书房消寒诗录》中曾收有《炒栗》诗，诗中有句云："黄皮漫笑居邻市，乌角应教例有诗。"后面注明"黄皮胡同糖炒栗，市品之著名者"。近人枝巢老人（按，即夏仁虎）《旧京秋词》写炒栗十分有趣，而寓意深刻。"晚来辘釜韵锵锵，小市微闻炒栗香。卖却卢龙休论价，黄标更写卖良乡。"诗后注云："新栗上市，果铺置釜门前，炒熟卖之，以黄纸书标曰'出卖良乡'，不言栗而人自知也。"当时正值沦陷初期，诗中对汉奸卖国者鞭笞深矣。

栗子的吃法甚多，除炒栗之外，还可做菜，著名者有栗子煨鸡，点心有栗粉糕，等等。这些都不想细说。使我最怀念的是"大酒缸"的卤煮五香栗子，把每个栗子用刀先勒个"十"字，然后加盐、花椒、大料等煮熟，剥来下酒，可谓滋味无穷，比五香卤煮花

▶ 西瓜（《毛诗品物图考》）

▼《秋梨赤枣图》扇面（清）周荃绘 故宫博物院藏

生好吃得多，想起来真有些口角生津了。

冻柿子

在北方籍的词曲家中，顾羡季（名随）先生是很著名的，如果健在，已近百岁，可惜早已去世了。他曾经是我的老师，我听过他两三门课。顾先生讲话极为风趣，娴于辞令，他爱听戏，也爱谈戏，讲课时常爱用戏来打比喻，常说："我就爱听余叔岩的戏，又沙哑，又流利，听了真痛快，像六月里吃冰镇沙瓤大西瓜，又像数九天吃冰冻柿子一样，真痛快呀——啊！"说完了最后还做个表情，"啊"一声，引得同学们哈哈大笑。想起来，这已是四十多年前的事了。顾羡季夫子作古也多年了，但这旧事却还历历如昨。沙瓤大西瓜南北各地都有，并不算稀奇，而这三九天的冻柿子，却实在令人怀想。

北京是一个出产柿子的地方，西、北山一带，漫山遍野到处都是柿子树。《光绪顺天府志》记云："柿

▶《荔柿图》（局部）
（明）沈周绘
故宫博物院藏

为赤果实，大者霜后熟，形圆微扁，中有拗，形如盖，可去皮晒干为饼。出精液，白如霜，名柿霜，味甘，食之能消痰。"

柿子的种类很多，如硬柿、盖柿、火柿、青柿、方柿，等等，全国各地都有出产，其中北京出产的最多的是盖柿，就是所说的"中有拗，形如盖"的，其次出产一些小火柿，俗名牛眼睛柿。北京西山一带出产柿子的山村，也晒柿饼，但数量不多，因离城近，大都运到城里来卖了。柿饼是河南、陕西一带的特产，柿霜糖是柿子的精华，晒柿饼时的重要副产品，性极凉，是治小孩口疮、咽喉炎等症的特效药。吃也很好吃，又甜又凉，入口即化，也是河南的名产。而这种最普通的东西，现在不知怎么也少见了。

在北京吃柿子，最好是冬季数九天吃冻柿子。北京冬天室中生火炉，天气越冷，炉子弄得越旺，也越干燥，人们反而想吃一点水分多的、凉阴阴的东西。人们把买来的柿子，放在室外窗台上冻，等到冻得像个冰坨子的时候，就可吃了。饭后大家围炉聊天时，把这冻柿子拿来，洗干净，放在一盆冷水中消一消，等到全部变软便可吃了。这时柿子的内部组织，经过一冻一融，已经全部变成流体，用嘴向柿子皮上轻轻一吸，便可把冰凉的柿子乳汁吸到口中，那真是又凉又甜，远胜过吃雪糕，难怪北京卖柿子的都吆喝："喝了蜜的，大柿子。"喝了蜜——该是多么甜呢？

山　药

山药，有的地方又名长山药，以区别于别名圆山药的马铃薯，而它的正式学名却叫薯蓣，或写作薯藇。

李时珍《本草纲目》中说："薯蓣入药，野生者为胜；供馔，则家种为良。"

这是一种多年生蔓草植物，长形茎状根，黄褐色有毛刺，是一种营养价值很高的食物，既可入药，又可入馔做菜，也可烧来当点心。药用山药以淮河一带产者最出名，所以开药方写作淮山药，是健脾、调胃、补气的中和药。不过所说淮山药，都是经过加工，焙干了切成片的，同一般吃的鲜山药两样。如果入馔，最好是北京的，江南出产的水分多，不够滑腻。查慎行《人海记》云："北方山药，产于采垺者，为天下最，常于朱竹垞检讨席间食之，真琼糜也。"按，"垺"，或

▼ 山药
（《农政全书》）

通"峪"，采埾就在北京西郊。据说采埾的山药最好。实际上昌平以北，包括延庆直到居庸关以外，土木堡、下花园一带都产很好的山药。山药是顺着开好一条条的沟生长的，土质要松，要肥，最好是沙土地，水分不宜太多，北京北郊一带的坡地土壤正适宜于种山药。

北京出产好山药，如蒸山药，当年这是宣武门外南半截胡同广和居的拿手菜，徐珂《清稗类钞》就记载着："若夫小酌，则视客所尝，各点一肴，如……广和居之吴鱼片、蒸山药泥。"

山药泥是什么样的菜呢？《光绪顺天府志》特别有记载道："薯蓣即山药，冬月掘根，可蒸可炒。京师以猪油及砂糖和之，蒸烂，谓之山药泥。"

他这里所说做法，还不够清楚。具体是把生山药削去皮，放上生猪油、白糖等上锅蒸透，然后捣成泥状，盛在碗中，吃时略蒸再翻扣出来，呈水晶状，又甜、又软、又腻。这是一味甜菜。广和居的蒸山药能得到何绍基、张之洞、樊云门的品题，其高明可知。

山药泥中还可以包澄沙、枣泥。《红楼梦》十一回秦可卿吃的"枣泥馅的山药糕",就是山药泥做的。

在馆子里,最普通的甜菜是拔丝山药,把山药削皮斜切成块,起猛火,把山药块过油,再起油锅,加入白糖,使糖在热油中熔成糖浆。把过了油的山药块重倒入油中翻滚数过,山药块为糖浆所包,混为一体。趁热吃,用筷子夹起来时,会拉起很长的细丝,故叫拔丝山药,又香、又甜,外脆内软,十分好吃。

最简便实惠的是自己家中买些山药,削了皮,切成块煮山药汤吃。用文火煮,多煮一些时间,那汤雪白细腻,比牛奶还浓,还滑润,加糖食之,真谓玉液琼浆啊!

秋风菜根香

秋　茄

前人诗云："大烹瓜果豆茄菜。"秋天，是大吃蔬菜的季节，是大烹瓜豆茄菜的季节。北京是故乡，故乡有最好的秋菜；故乡是北京，北京有最好的烹调；两个钱买只大茄子，就能烧出有滋味、最可口的佳肴。这不是一个钱多钱少的问题，用最好的秋菜，最好的烹调做出来的可以说是千金难买的"艺术品"了。

北京是上千年的古都，农艺精湛，种植蔬菜是十分著名的，尤其自明代中叶以后，蔬菜种植更出色，这是谢肇淛《五杂俎》和张懋修《谈乘》中都有记载的。在蔬菜中，初秋之际，茄子是最值得一谈的。茄子在吴地叫"落苏"，据说是因避钱穆王儿子"钱子"之音而改名的。茄子有长茄子、圆茄子、羊角茄子数种，在江南则只有长茄子、羊角茄子而无圆茄子；在北京则多圆茄子、长茄子，而无羊角茄子。茄子生长容易，结实多而肥，是理想的园蔬。茄子开淡紫花、淡绿花，因种而异。旧时种茄子，长茄子第一次开花，每株只结两只，长得最大，谓之"根茄"；第二次开花，每株只结四

▼《瓜茄图》
（元）钱选绘
弗利尔美术馆藏

只，谓之"四门斗"；第三次开花，结实繁而小，谓之"满天星"。这也是很特别的，不过这是几十年前的事，近年园艺改革，科学发达，不知有所改变否？

北京人吃茄子，最普通的是烩茄子、熬茄子，再不然把长茄子上锅一蒸，蒸熟后拿出来撕碎，用香油、酱油、盐花、蒜泥一拌，或用芝麻酱一拌，做得好也是消夏名菜，其滋味并不比"什锦沙拉"差。当然，这些都是最普遍的吃法。如果要考究，那就无穷无尽了。《红楼梦》中的"茄鲞"，恐怕现在还没有哪家名厨会做吧？

茄子是一种很"吃油"的蔬菜。就是说，它能吸收很多油进茄肉中去。北京过去大小饭馆最普通、但又最好吃的菜烧茄子，就是把茄子去皮切成菱形薄片，先入油锅中一炸（行话叫"过油"），然后再放口蘑、毛豆等配料红烧，荤的加肉片、肉末均可，即使不加肉，素烧也很好吃。这虽是普通菜，但做起来油要多，火要猛，火候要合适，在江南很难吃到，是一味秋夏间物美价廉最地道的北京菜。

《红楼梦》中凤姐介绍茄鲞，不是说"先用鸡油炸了"，再拿香油一收等等吗？说得非常在行。我想如果有哪家馆子，照她的说法试试看，一定能做出真的茄鲞来。然后把《红楼梦》中的名菜一一做出，摆一桌"拟红筵席"，不是也很有意义吗？

把长茄子去皮横切成圆片，中间割一刀夹上肉，上锅蒸熟，然后把鸡蛋、面粉打成浆，再将蒸熟的茄片蘸浆入油锅一炸，拿来蘸花椒盐吃。外焦里嫩，极为好吃，谓之"茄盒"。把整只长茄子去皮，竖切一条条直缝，夹上肉馅，或海参、虾仁等三鲜馅，上锅蒸熟，或调汁红烧，或蘸蛋浆油炸，谓之"鹌鹑茄子"，其名贵并不亚于《红楼梦》中之茄鲞。其滋味之佳美，其命名之富于想象，又在"松鼠黄鱼"之上矣。这就是北京的茄子使人念念不忘的原因。

白菜佳肴

京华嚼得菜根香，秋去晚菘韵味长。

玉米蒸糇堪果腹，麻油调尔作羹汤。

这是我昔时所写《京华竹枝词》中《咏大白菜》的一首，后面两句要稍作解释，"玉米蒸糇"，就是北京话的"棒子面窝窝头"。"糇"是干食的意思，引句古话是《诗经》中的"或负其糇"，译作白话，就是或者背上他的干粮。这是三千年前的老话了。我把玉米面蒸窝头说成"玉米蒸糇"，是腐儒酸气，这样一来说"雅"了。重在下面一句，意为："大锅白菜汤，滴上些香油。"新玉米面蒸的现出锅的蜡黄喷香

▶ 翠玉白菜
台北故宫博物院藏

的大窝头，再配上一大碗白菜汤，热乎乎的不唯果腹，也是天然美味。生活困难之时，这是非常好的家常饭。把大白菜切成棋子块，用粗盐曝腌一两个钟头，去掉卤水，将滚烫的花椒油或辣椒油往里一倒，"嚓喇"一响，其香无比。白菜汤、窝头，再配一盘花椒油爆腌白

菜，那是味美无穷了。

当然，这是最普罗化的吃法，反之，大白菜也完全可以摆在最丰盛、豪华的宴席上，清蒸鱼翅常常要配一点雪白的白菜心子，满汉全席的凉菜中也少不了一点点糖腌白菜心。这是用嫩白菜心，切丝爆腌之后，加糖、辣油、醋，再用香油猛爆后，放在冰箱中镇凉，是凉菜中最爽口的一品。全聚德的烤鸭子，在"鸭油熘黄菜"之后，照例是"鸭架烧白菜"。西来顺、东来顺吃涮羊肉锅子，最后一定要有一盘酸白菜端上来。酸菜、龙口细粉在肥汤中一涮，吃上两口才解膻醒酒。还有最堪入《山家清供》和《随园食单》的是"江瑶柱蒸白菜"和"栗子烧白菜"。这两品佳蔬，做法简单，而滋味却无穷，蒸出来的汤像牛奶一样雪白滑腻，正如施愚山诗中所说的"雪汁云浆舌底生"了。

当年北京的小饭馆卖一种名叫醋熘白菜的炒菜，极为经济可口。把白菜帮子（即根部）用刀片成骨牌块，用花生油起锅，大火，菜下锅后在热油中翻身一煽，再用加盐、糖、醋的团粉汁一淋，翻个身便出锅，咸中带有甜酸，又香、又脆、又烫嘴，这是学生时代惯吃的东西，现在想起来真要流口水呢。

把大白菜头上的菜叶子切去，下面用刀横切，成为一个个的圆饼，一个个放在大盆中，洒上粗盐"杀"一夜，第二天去掉卤水，一层层地放入坛中，每放一层，洒一层芥末，最后倒入米醋，封口，半月后取食，谓之"芥末墩"，滋味极为可口。这真正是老北京的吃法。据说当年老舍先生最爱吃这个。

白菜是北京人的恩物，宁波人把菜肴叫"下饭"，换句话说，北京人一冬天的下饭全靠它。生活中离不开的东西，又是很美丽的形象，这也便是民间文学的好材料，北京旧时儿歌云：

小白菜呀，地里黄呀，三岁四岁没了娘呀。跟着爹爹还好过呀，谁想爹爹娶后娘呀。娶了后娘三年整呀，生个弟弟比我强呀。弟弟吃面我喝汤呀，想起来呀泪汪汪呀。有心跟着亲娘走啊，又怕山水不回头呀！

其哀戚凄凉，不亚于古诗中的《孤儿行》；其比兴缠绵，直可媲美《孔雀东南飞》。那些言必称希腊的所谓诗人们，读到这天籁体的民歌，不知该作何感想！

腌　菜

在北京过日子，买米买面，一年四季都可以到粮店去买，冬天和夏天并没有什么差别，问题是只有米面还不行，还要有菜。南方冬天虽然也冷，但蔬菜可以照样生长，冬天青菜、菠菜、鸡毛菜、萝卜，一冬不断。北京则不然，旧历九、十月间，大白菜砍过之后，地里光秃秃的，什么也没有了。蔬菜也不能露天生长了。虽然人们都知道，北京从古以来，在过旧历年的时候，还能买到开着小黄花的黄瓜、翠绿的扁豆，等等，但那是"洞子货"，即暖房中培育出来的东西，价钱很贵，偶尔尝尝鲜可以，经常吃就不行了。因此冬菜就要早为之备了。

《诗经》上说："我有旨蓄，可以御冬。"我国民间自三千年前就把储存冬菜，当作重要的生活大事。北京人一到秋末冬初，大白菜上市之时，五口之家买个三五百斤是平常事。北京大白菜（诗文中称作"秋菘"）之好，是世界闻名的。第一黄白水嫩，生熟荤素，随便怎么做都好吃。第二产量极丰，每一亩地能收上万斤。第三易于保存，买回家来，堆在不大冷的房间，只要不冻，保存三个月绝无问题。老式人家，如住三大间一明两暗的屋子，中间是堂屋，后墙前大条案，条案前一张八仙桌，两把椅子。买五百斤白菜，就整整齐齐菜头向着，菜根朝外堆在那里。一冬的吃菜基本上不用愁了。郊区人家，每到冬天还要腌芥菜、腌萝卜、腌雪里蕻，以作补充。

当然，把大白菜腌来吃也是非常好的。《光绪顺天府志》云："黄芽菜为菘之最晚者，茎直心黄，紧束如卷，今土人专称为白菜。蔬食甘而脆，作咸齑尤美。"

咸齑就是腌菜、咸菜。不过齑的本义，按照古人的解释，是切成粉粉碎。而腌大白菜，往往是把整棵

的菜竖切，一破四，这样来腌，取来吃时，
菜呈透明状，昔人所谓："色如象牙，爽若
哀梨。"冬天吃起来，极为爽口开胃。再有
著名的京冬菜，也是用大白菜做的，是真
正切碎了腌制，这就符合了那个咸齑的说
法了。

　　也许有人会问，北京人一冬天天吃大
白菜，不厌烦吗？当然，也还要换换口味。
北京夏秋之间，街上到处有菜贩卖菜，到

冬天就是油盐店附带卖。那时也能买到柿子椒、菠菜、黄豆芽、绿豆芽等。如果天降大雪，西北风怒号，那可躲在家里，有热乎乎的白菜汤、大馒头，再加上爆腌辣油白菜，可以在纸窗下，听着窗外呼呼风声，吃得头上冒热汗了。

萝　卜

在北京寒冷的冬夜里，在深深的胡同中，远远地飘过来"萝卜赛梨啊——辣了换——"的市声，清脆而悠扬地划破夜空，传入一所所的四合院中，直到炉边，打断好友的夜谈，打断学子的夜读，也惊醒旅人的沉思……买个萝卜去，摸黑出去，开开小院门，喊住卖萝卜的。那穿着布棉袄、戴着毡帽的朴实的汉子，把肩上的背箱卸下，把手提的小煤油灯放在背箱的板上，掀起箱盖下的枸帘子，拿出一个绿皮的萝卜，左手托着，右手拿起一把小刀，用拇指贴牢，嗖嗖嗖几下子，便把萝卜皮切成一个莲花瓣形。然后再把中间的萝卜心垂直，横竖切上几刀，这样中间萝卜心变成

碧绿、透明的立柱，连皮在一起，就像一朵神话中的玻璃翠玉的花朵了。拿回来，坐在炉子边，对着红红的炉火，一面剥着萝卜，放在嘴中慢慢咀嚼，一面闲谈。那萝卜又凉、又脆、又甜、又微微带点辣味，那滋味不是我的秃笔所能形容的。《光绪顺天府志》记云："水萝卜，圆大如葵，皮肉皆绿，近尾则白。亦有皮红心白，或皮紫者，只可生食，极甘脆，土人呼为'水萝卜'，今京师以西直门外海淀出者为尤美。"

吃这种萝卜，不但滋味好，情调好，

还能提精神、解气闷。因为北京冬季天寒，家家户户关门取暖。房中只有三样东西：火炕、煤球炉子、火盆。房中门窗，糊得很严密。住在里面固然温暖，但却十分干燥，煤气味很重，人并不舒服，这时若吃个又凉、又脆、又甜、又爽口的萝卜，精神便可为之一振。因之，萝卜便成为北京冬日围炉夜话的清供了。康熙时高士奇《城北集·灯市竹枝词》云：

百物争鲜上市夸，灯筵已放牡丹花。

咬春萝卜同梨脆，处处辛盘食韭芽。

诗后注云："立春后竞食生萝卜，名曰'咬春'，半夜中，街市犹有卖者，高呼曰：'赛过脆梨。'"

"萝卜赛梨啊——辣了换！"

这种市声从清初就有，可见这已是二三百年的古老市声了。不过高士奇着重说的是立春，立春俗名打春，或在正月，或在腊月，按节气推算，在旧历上日期并不固定，而卖萝卜则一交严冬就有，足足可卖一冬天。旧时北京冬夜中，有四种市声均可入诗，作为歌风的好题材，一是卖硬面饽饽的，二是卖萝卜的，三是卖"半空儿"的，四是卖煤油的。

"半空儿——多给！"

其声穿破夜空，飘扬在长长的胡同中，也是围炉时最爱听到的市声。"走，买半空儿去！""半空"者，分量轻而干瘪的炒落花生也，吃起来，比颗粒饱满的要香得多呢！

风雪暖意

火　锅

到了冬天，过去在北京很喜欢吃火锅子。火锅子，江南人叫暖锅，实际不如北京的叫法确当，因为它不单纯是"暖"，而的确是生了火的。铜制的火锅，中间是炉膛火口，四周是容纳菜肴的锅槽，上面是有圆洞的锅盖，正好套在"火口"上盖住锅子。锅子中装好菜肴，把木炭放在炉子上点燃，从火口放进去，扇子扇旺炭火，木炭"哔哔啪啪"地，火苗从火口窜出来，锅子中的菜肴便嗞嗞作响。烧开了，端上桌子，一掀锅盖……正像《老残游记》中写"一品锅"一样，这

是"怒发冲冠的海参"，
那是"酒色财气的鸭子"，
大家便可狼吞虎咽地吃起
来了。

火锅是一种非常方便
而实用的炊具，我不知道
最早发明者是谁？徐凌
霄《旧都百话》记道："锅子之类甚多，有
菊花锅子，为肉类与菜蔬及花瓣之大杂烩，
整桌酒席，在秋冬间视为要素。及羊肉锅
子，为岁寒时最普通之美味，须于羊肉馆
食之。此等吃法，乃北方游牧遗风，加以
研究进化，而成为特别风味也。"

徐氏的话似乎有些道理，总之是在北
方寒冷地方创造出来的东西，南方有火锅
历史并不长。光绪时严缁生《忆京都词》
注中说到火锅时，还说"南中无此风味
也"，可见那时还只是北京，或者说北方时

▼ 清光绪银寿字火锅
故宫博物院藏

兴吃火锅。

在北京制造火锅的铜铺，过去集中在打磨厂一带，另外还有山西大同的紫铜锅，都是有名的。紫铜火锅是用紫铜制成坯子打造，锅内再挂一层锡。外面看是紫铜色，里面是银色。锅子大小不一样，分成几等。生木炭火的炉膛也不一样。一般火锅，炉膛较小，锅槽较大，可以多放菜，火不须太旺。专做涮锅用的锅子，则炉膛特大，可以烧旺火，汤不停地翻滚，能保证生肉一烫即熟。但锅槽较小，因为只放汤，不放菜，也不需要大锅槽。

《老残游记》中所说的"一品锅"，那又是另一种东西。那是一个像小面盆大小的带盖子的平底铜锅，下面有一镂空花圆圈，架住这个锅，圈中放一敞口大杯，内放高粱酒，点燃烧这个锅，像酒精灯一样，用以保温。这是清代接官筵宴上必备的。"一品"，取其口彩，所谓"官高一品"，另外取其方便。当时的官，不管多大，也无汽车、飞机可坐，长途旅行，一天也只能走百八十里路，途中要吃饭，在荒村野店，地方

官迎接，准备供应，预先烧好，临时防止菜冷，所以用酒灯保温。一品锅照例有全鸭、蛋、海参、肚子等，实际等于一大锅荤什锦耳。

几十年前，北京有一种铺子，叫作盒子铺，相当于江南的卤味店、广州的烧腊店。这是专卖酱肉、清酱肉（也叫炉肉）、小肚、白肚、熏鸡、肉丸子等熟肉的铺子。因为把这些切好装在一些花格食盒里，像什锦拼盘一样卖给人家，所以叫盒子铺，这些熟食统名之曰"盒子菜"。这种铺子，秋冬之际，便准备很多只铜火锅，一一装好，届时可以根据需要，送到顾客家中，送时还带好白汤，极为方便。家中偶尔来个客人，你去买了，小伙计送来，帮着点燃木炭，扇旺火，等锅子开了，端到桌上，说声"回见"便走了，第二天再来收家伙，那时你好意思不给两个赏钱吗？

一般锅子里装的是肉丸子、龙口细粉、酸白菜垫底，上面铺白肉，叫白肉锅子；铺白鸡、白肚片、白肉叫三白锅子；凊酱肉、熏鱼、猪腰花等叫什锦锅子；海参、炉肉、鸡蛋等叫三鲜锅子。乡间或寺庙中，用油豆腐、粉条、萝卜条装的素锅子，是最清淡中吃的。至于菊花锅子，便是把白菊花瓣加入三鲜锅子的汤中，那更是清香绝伦，成为高级的饮食肴馔了。

清前因居士《日下新讴》有诗云：

客至干花对兰斤，火锅一品备肥荤。

随常款待无多费，恰够京钱三百文。

后面注道："沽烧酒，用干、花两对，即醇淡相挽也。火锅之价不一，俭者二百四十文，是则京钱三百，即敷款客之资矣。"这是乾嘉时的价格。在三十年代中，便宜的锅子六角、八角，贵的也不过一元多钱，如一元五六角钱，便可叫只三鲜锅子。和今天比，那真不可同日而语了。

大酒缸

老舍在《骆驼祥子》一书中，有过一段"大酒缸"的描写，写一个风雪寒夜，一个年老的拉洋车的和孙子闯到一家小酒铺中取暖的悲惨景象。几十年前，在北京这种酒铺是很多的，不同于江南的像《孔乙己》中所描绘的咸亨酒店。每家这样的小铺里，都有两三口盖着红油漆盖子的大缸，俗话都叫大酒缸。它也有正式名称，如和益公酒铺、四友轩酒铺之类，但人家都不叫，仍习惯叫它的俗名。

这种铺子一般都是一间门面，有两三副座位，有个柜台，柜台后有两三个酒缸。也有的大酒缸的木盖就是桌子，店中人很少，掌柜兼账房先生在里面卖酒，再有一个小徒弟或内掌柜相帮着照料。夏天，门口挂个竹帘子；冬天，当地方便处生个煤球炉子，又烧开水又取暖，门口挂着夹板棉门帘子，一撩帘子就是一团夹酒味的热气扑到你脸上，在北国的风雪寒夜里，这种小铺是各种街头劳动者的"避风港"。夹着大棉袄，一撩帘子闯进来，把手中的钱往柜台上一放，说道：

▶ 老北京的"大酒缸"

"掌柜的，来两个酒，一包花生豆儿。"

花生米，老北京习惯叫花生仁儿、花生豆儿，现在这花生豆儿好像很少听到人说了，都叫花生米了。

说话干脆，酒和一包花生米买好，便到边上的桌子旁坐下，和熟人边说边饮起来。这是干了一天活之后的一点点人生的享受，也是可怜的一点享受。有的索性花生米也不买，买一个酒，一口喝了就走，因为回去还有别的事要干，没有工夫坐在这里慢慢咀嚼那几粒花生米。

所谓"一个酒"，就是用提子从酒缸中提，提出的酒倒入粗瓷碗中卖给顾客。小提一提一两，倒入碗中谓之一个酒；两提二两，谓之两个酒。买两个酒喝完了，尚未过瘾，便拿空碗到柜台上再买两个。一般人喝两个酒就差不多了，如喝四个酒那就是大酒量了。大酒缸卖的都是烧酒，即干榨白酒，又称白干，那里从来不卖黄酒和药酒（如五加皮、竹叶青等）。至于洋酒，什么威士忌、白兰地，等等，更是

听也没有听说过。一个酒下肚，就热乎乎的，照当年的说法，就是"多穿了一件小反袄"了。北国天寒，全仗它挡挡寒气啊！

大酒缸门口也要挂个幌子，一个葫芦再吊一块红布。似乎没有古诗中写的那种"青旗"的韵味，纯粹是北京的风格，所谓"开口便吃烧刀子"了。

大酒缸附近要有羊肉床子，往往代卖包子，都是用卖剩下的碎肉包的。冬天用一张白菜叶子代纸，买十几个热腾腾的包子毛进大酒缸，喝完酒一吃，是最实惠的了。

在风雪之夜，北风呼啸的马路上，或者胡同拐角处，远远地望见有个透出红红灯光的小铺，那就是大酒缸，去吧，那里有温暖，进去买个酒吃吧！

▼ 烧酒幌子

冬日街头

糖葫芦

"葫芦儿——冰糖的!"

"冰糖——葫芦儿,新蘸得的!"

"冰糖多哎——葫芦来嗷——"

随着萧瑟秋风,凛冽寒冬的来临,北京街头正是冰糖葫芦上市之时了。这种卖糖葫芦儿的吆喝,在庙会上,在戏园子门口,在前门外各家栈房、旅店中,时时会听到,清脆响亮,抑扬动听。而天津的叫法就很怯:"糖墩儿! 糖墩儿!"上海人叫法更不中听,叫

"糖山楂"，都没有北京的好听。侯宝林就用这些材料，编成了一段相声，模仿各种叫卖声，逼真传神。事实上，不只冰糖葫芦的叫卖声外地没有北京动听，就是制作也不及北京的好吃。

当年北京最好的糖葫芦是东安市场的，在那雪亮的电灯照耀下，摊子上摆着一层一层的，釉下蓝花的或五彩釉子的大瓷盘里，放着各样新蘸得的冰糖葫芦，在那里闪闪发光，泛着迷人的异彩。其中有红果的、海棠的、核桃仁的、榅桲的、山药的、山豆子的、红果夹豆沙的……品种繁多。

在北京，做糖葫芦的原料很多：带水分的有山里红、海棠、榅桲、玫瑰香葡萄、马奶葡萄、桔子、荸荠；不带水分的有核桃仁；煮熟的有山药豆、长山药；夹馅的有山里红夹澄沙、山里红夹核桃仁；等等。如何做法呢？以最普通的山里红糖葫芦来说罢，先把山里红洗干净，把里面的果核用铁签子捅干净，然后用一尺来长的竹签穿起来，每七八枚穿一串，谓之一根。用铜锅熬好白糖或冰糖成糖饧，边上放一块光滑如镜的石板，上面涂一层香油（即芝麻油），把串好的山里红在热糖饧中一蘸，整整齐齐地放石板上晾凉。拿起这些山里红，遍体都被晶莹的糖衣包着，透明耀眼，十分引人，这就是新蘸得的冰糖葫芦。一些带水分的，吃起来又甜、又脆、又凉，真是别有风味。

糖葫芦除去东安市场、劝业场，以及各大庙会上摆摊卖的而外，还有不少卖糖葫芦的小贩，有的串胡同叫卖，有的专门串旅馆、公寓叫卖，有时也串戏园子、饭馆子、落子馆等娱乐场所叫卖。斜挎着一个木制的、椭圆形的货盘，上面一根提梁，盘内放着许多串糖葫芦，各种的都有。这些糖葫芦蘸得也很

▼ 卖糖葫芦的小贩

甜脆好吃，只是小贩挎着到处走动，公共场所尘灰飞扬，很不清洁，自然没有摊子上现蘸得的好了。

糖葫芦中最受欢迎的还是用山楂做的。吃起来又甜又凉，又脆又酸，可惜我生性不吃山里红之类水果，因而我虽然从理性上，从艺术观赏上知道它是美食，也能写文章从表面上赞美它，可是从感性上，我没有吃过它，也不想吃它，真是太遗憾了。

冰糖葫芦是冬令食品，夏天不吃，也无法做。《燕京岁时记》在十月中记京师食品时，记到冰糖葫芦，并云："甜脆而凉，冬夜食之，颇能去煤炭之气。"闲园菊农《一岁货声》中，在"除夕"条下记有冰糖葫芦的种类，有近三十种之多，可见其洋洋大观，实在也反映了古老北京街头小卖的美不胜收了。

茶　汤

《水浒传》中写王婆子卖茶，有点茶、和合汤，还有什么七宝茶、八宝茶诸名色，茶和汤是常常连在一起的。联想到北京的茶汤、油茶等，感觉这似乎是一脉相承的东西。而陆羽《茶经》所说的"雨前""明前""一旗一枪"，等等，则是另一个流派。明人讲茶、讲水，等等，如《陶庵梦忆》所记闵老子茶，这又是一脉相承的。明人笔记中记北京谚语有"翰林文章、太医药方、光禄茶汤、兵部刀枪"，其中"光禄茶汤"是指光禄寺的茶汤。光禄寺不是庙，是个政府机关，是管皇家祭祀龙盏、爵及皇帝御厨酒醋等杂物的。这里所说茶汤，就是用大龙盏烧水，来冲茶汤。旧时北京一到冬天，庙会上以及饽饽铺门口，就摆上卖茶汤的摊子了。

茶汤分荤、素两种，素的又叫油炒面，用香油炒面粉，炒熟呈黄色，加熟核桃仁等，吃时先盛两勺干面，放点凉开水，调成浆，然后用滚开水冲成糊状，加红糖食之，像广东人吃的芝麻糊差不多。这是老北京人喜欢吃的食品，尤其喜欢买来喂小孩。这种食物有脂肪，富营养，易消化，吃起来方便，给儿童吃最相宜。又因它是素的，庙里的和尚也喜欢食。用来接

待香客，也是极为方便的。

莶的则名为油茶，最好的是牛骨髓油茶，把牛骨中的油取出来，就是一般说的牛骨髓油了。用这种油炒面粉成浅黄色，再加核桃肉、青丝、红丝、白糖混合起来，吃时也像调茶汤或调藕粉一样，调起来热乎乎的一碗，这就是牛骨髓油茶了。这比茶汤好吃得多，营养价值极高，北京天气冷，吃这种高热量的食物，具有明显的抗寒作用，也是十分耐饥的食品。老北京常常整斤地买回去，天天早上冲了当早点吃。也有买了牛骨髓油自己炒的。炒这个并不难，把面粉倒在炒菜锅里，一边炒拌，一边加油，把面炒成略带黄色，把油加到扑鼻喷香就可以了。

在各大庙会卖油茶的摊子上，可以看见中间空心处，有一个坐在大炉上的大铜壶，约二尺高，直径最宽处也有二尺。旁边有很大的壶柄，壶嘴又长又细，一搬壶柄水就可以倒出，正好冲入碗中。这壶又名搬壶，擦得又明又亮，造型精致美观。我见过西安一带出土的唐代波斯壶，样子极像这种搬壶，我想这种样子的壶，可能是西域传来的吧。

▼ 红铜波斯壶

腊八粥的情趣

　　饮馔的事，各种食品，不只是要味道好，色彩好，而且还要情调好。没有好的情调，再好的酒、菜，吃起来也乏味。所以说，在"色、香、味、形、器"之外，还应该加一个"情"字，就是要有情趣、有情调，说得再广泛一些吧，就是要有生活的趣味，不管是广筵盛馔、珍错杂陈也好，或是豆腐青菜、村酒浊醪也好，只要尽欢、尽兴，情趣盎然，便津津有味，是一种生活的享受。反之，再好的盛馔佳肴，也是食而不吃其味了。

　　劳动人民，一年辛苦，岁尾年头，是最有空闲，讲究一点吃喝的时候，这期间，每一样东西，都充满了生活的情趣，也反映了我国悠久的历史文化的灿烂光辉。

就拿"腊八粥"来说吧，读过《红楼梦》的人，马上会想起《情切切良宵花解语，意绵绵静日玉生香》的故事。宝玉编造瞎话，说什么"林子洞"中"耗子精"要熬腊八粥，等等，什么"惟有山下庙里果米最多"，"米豆成仓，果品却只有五样：一是红枣，二是栗子，三是落花生，四是菱角，五是香芋"。说得极为风趣，这虽说是曹雪芹的生花笔墨，但生活的根据却是真实而又古老的。注意这几点：一是"庙里"，就是说和尚庙里更重视熬腊八粥；二是"米豆"，就是说腊八粥，既要有米，又要有豆；三是"果品却只有五样"，就是说腊八粥，果品不只用五样，还要多。"却只有"，说其少，不足也。

腊八粥是很古老的一种节令食品，在宋人笔记《梦粱录》《武林旧事》中均有记载。最早是来源于佛教传统的。《永乐大典》中摘抄元人《析津志》云："是月八日，禅家谓之腊八，煮红糟粥以供佛饭。僧

都中官员士庶作朱砂粥，传闻禁中一如
故事。"

这说明元代就以腊月初八为腊八，在
这一天煮腊八粥供佛饭僧了。但是宋代吃
腊八粥的日期与后来则稍有不同。《日下
旧闻》引元人孙国敕《燕都游览志》云：
"十二月八日，赐百官粥。民间亦作腊八
粥，以米果杂成之，品多者为胜。此盖循
宋时故事。然宋时腊八，乃十月八日。"

这是宋时腊八与后来的腊八在日期上
小有差异。至于说到熬粥的材料，"果品

只有五样"，盖言其少。那么多少才"不少"，才比较符合标准呢？世俗习惯，喜欢凑数，"八"才够上标准数，腊八么，没有"八样"，哪能够得上腊八的标准呢？如果十二样，那就更好，可以上谱了。刘若愚《酌中志》云："初八日吃腊八粥，先期数日，将红枣槌破泡汤，至初八早，加粳米、白米、核桃仁、栗子、菱米煮粥，供佛圣前，户牖、园树、井灶之上各分部之。举家皆吃，或亦互相馈送，夸精美也。"

这是明代吃腊八粥的情况。在清人著作中，关于腊八粥的记载就更多了。富察敦崇氏《燕京岁时记》云：

　　腊八粥者，用黄米、白米、江米（即糯米）、小米、菱角米、栗子、红豇豆、去皮枣泥等，合水煮熟，外用染红桃仁、杏仁、瓜子、花生、榛穰、松子，及白糖、红糖、琐琐葡萄，以作点染。切不可用莲子、扁豆、薏米、桂元，用则伤味。每至腊七日，则剥果涤器，经夜经营，至天明时则粥熟矣。除祀先、供佛外，分馈亲友，不得过午。

富察敦崇这段文字介绍腊八粥十分详尽。第一是米、豆、果料极为齐全，白糖、红糖如算一样，则共十六样之多，即生料八种、熟料八种，都是"八"，符合腊八"八宝"之数。因为这样的粥，腊八日叫"腊八粥"，平时则叫"八宝粥"，所以配料都有八样之多。第二是"经夜经营"，天明即熟，这不禁唤起许多人童年的记忆，是十分美妙的。做母亲的催孩子早点睡，说道："快睡吧，玥儿早点起来喝腊八粥；太阳一出，再喝，要红眼睛……快睡吧，宝贝！"

这样，便带着甜蜜而温暖的憧憬入梦了，一大早，起来，吃这碗一年一度的香甜而美妙别致的腊八粥，这种生活的情趣，不是也像西方儿童在睡梦中等待圣诞礼物那样美好吗？第三是"分馈亲友，不得过午"，这也是极有情趣的礼物。北京过去有一种"绿盆"，是一种上了绿琉璃瓦釉子的瓦盆。有的人家，用这种盆，盛上红艳艳的腊八粥，上面用雪花绵白糖撒成"寿"字、"喜"字、"福"字，等等，再撒上一点青丝、红丝。如此，亮晶晶的绿釉器皿，红艳艳的粥，雪白的糖，鲜艳的青丝、红丝，相映成趣，送到亲友家中，真是绝妙的艺术品，充满了欢乐的艺术生活情趣，却毫无庸俗、雕琢的富贵气息，这才是真正的色、香、味、形、器兼备，又加丰富情趣的精美食品。

不过富察敦崇所说腊八粥中不宜用莲子、扁豆、薏米、桂圆等，"用则伤味"的说法，据我所知，其说似不尽然。桂圆肉一般是不放的，放了稍有苦味。莲子、薏米仁一般都是放的，有的还放芡实（即鸡头米），这在《天咫偶闻》《民社北平指南》等书中均有记载，都足以证明《燕京岁时记》之说，并不尽然。

在清代皇宫中仍然继承了明代的传统，十分重视煮腊八粥的。道光帝爱新觉罗·旻宁有一首《腊八粥诗》，收在《养正书屋全集》中，诗是七古，并不好，但作为史料，亦可见旧时风俗和宫廷生活之一斑，现引在下面：

一阳初复中大吕，谷粟为粥和豆煮。

应节献佛矢心虔，默祝金光济众普。

盈几馨香细细浮，堆盘果蔬纷纷聚。

共尝佳品达妙门，妙门色相传莲炬。

童稚饱腹庆升平，还向街头击腊鼓。

从诗中可以看出，重点是说腊八粥是佛教的食品，是清素的。但流传至民间，在一般家庭中，已失去它佛教的意义，成为一种岁时节令、富有生活情趣的精美节日食品了。但在宫廷中，它的宗教意义还是很重的，而且还有政治意义。《京都风俗志》说："黄衣寺僧，亦多作粥。"清代后来定制，腊八粥是归雍和宫的喇嘛熬的，就是黄衣寺僧。《光绪顺天府志》记云："腊八粥，一名八宝粥，每岁腊月八日，雍和宫熬粥，定制，派大臣监视，盖供上膳焉。其粥用粳米杂果品和糖而熬。民间每家煮之，或相馈遗。"《燕京岁时记》也记云：雍和宫喇嘛，于初八日夜内，熬粥供佛。特派大臣监视，以昭诚敬。其粥锅之大，可容数石米。

从这两则记载中，可以看出，清代宫廷对于腊八粥多么重视，还要派大臣监视熬粥，现在想起来，似乎是很滑稽的事情了。但要想到当年那许多喇嘛，准备果料，围着那可容数石米的大铜锅，在油灯盏的照耀下，忙乱着熬粥，穿貂褂，带朝珠、大红顶子、海龙暖帽的大臣隆重地旁边监视烧粥，这种朦胧的历史画面，不是具有十分神秘感的吗？现在感到很难想象的东西，在当年都是活生生的事实，而且是持续了上百年的事实，于今则颇为渺茫了。现在雍和宫又重修开放了，如果那口大锅还在，熬一锅腊八粥，给中外游客当点心吃，不也是很有趣味的、很名贵的一种甜点吗？

一粥之微，几百年中，由宫廷到民间，由宗教寺庙到普

▼ 雍和宫御制铜锅

通世俗人家，都那么认真，那么重视，熬得那样精美，那样富有情趣，记载在那么多的文献中，这正是我国悠久的历史文化精髓的一点一滴啊！这还不值得加以称道、介绍和宣扬吗？

吃食摊之相思

馄饨担

馄饨各地都有，但叫法不一样，差异很大。四川叫"抄手"，著名的有成都"吴抄手"；江西叫"清汤"；广东叫"云吞"，实际还是"馄饨"二字的音转，并不像四川人叫的那样怪，写出来也一样叫人看不懂。几十年前，我第一次在上海北四川路看着"云吞"二字时就发过愣。至于北京和江南一带则都叫馄饨。虽名称一样，而其做法和口味，还是有不少差异的。

北京馄饨首先分京式、南式两种，南式馄饨是清汤皱皮馄饨，在南味馆子中卖。《同治都门纪略》中咏

《致美斋馄饨》道：

> 包得馄饨味胜常，馅融春韭嚼来香。
>
> 汤清润吻休嫌淡，咽后方知滋味长。

　　这说的就是清汤南式馄饨。中山公园长美轩、来今雨轩等处，都卖这种馄饨。记得在和平门外新华楼有一次吃这种馄饨，特别地道，也是五十多年前的旧事了。京式馄饨则不同，是骨头浓汤煮的，馄饨锅一般都用较深的"掬口"锅，锅中间用一块铁皮隔开，一边煮骨头，一边不停地滚开着汤，以便随时煮馄饨。京式馄饨盛出来时，先在碗底放点酱油，滴点鸡油或猪油，盛好后，上面洒点京冬菜末、虾皮，放点香菜或豌豆苗，添点绿意，又提香味。锅中煮骨头的一边，有时还煮一只大把鸡。京式馄饨都是挑担子的小贩卖，或是摆摊的，很少见到开店卖的，即使有也是极小的铺子，大馆子是不卖馄饨的。不像江南，在上海和苏杭一带街头上，走不远就见一家铺子，又卖阳春面，又卖馄饨，且有小馄饨和大馄饨之分。这一点，北京是望尘莫及的。

说起北京馄饨，还有个故事。清代乾、嘉时，伍宇澄《饮渌轩随笔》中有一条记云："京师前门有隙地，方丈许，俗称为'耳朵洞'者。雍正间，忽来一美丈夫，服皂衣，不知何许人，于隙地筑楼，市馄饨，味鲜美。虽溽暑，经宿不败，食者麇集，得金钱无算。"

这是一则北京馄饨铺的掌故，说得活灵活现，几乎像《聊斋》里的故事。所说

▼ 卖馄饨
（《清国京城市景风俗图》）

"耳朵洞"，就是后来有名的"耳朵眼儿"。

北京早年更多的是馄饨担子，下午串胡同，在熟识的场所叫卖，夜里在固定地方设摊。其叫卖声是"馄饨哎噢——开锅噢"！叫卖时放下挑子，左手拢着左耳仰头呼喝，声音沉着而致远，很像低音歌星的音质，几进院子都能听得见。记得近六十年前，住在西城一位清代尚书的宅子中，租的是后面围房，离开大门，隔着很大的几进院子和花园，而每天下午四五点钟门口卖馄饨的吆喝声，听得清清楚楚。这固然由于叫卖者的嗓音好，丹田有力；另一方面，也说明那时环境比较安静，空气中杂音少，传音也就悠扬而深远，不然，咋能听得这么远呢？

馄饨担子的样子，正如《一岁货声》所说："前锅灶，后方柜。"只是说得过于简单，若仔细说，前面还有一块晾盘，中心圆洞处坐锅，下面是小煤球炉。盘的四面边沿可放碗、酱油壶等。后面方柜上层放肉馅大盘，可以随时包馄饨；中间几个小抽屉，放馄饨皮子、羹匙、碗、京冬菜末、虾皮等，下层放一水桶，好随时加汤。卖时边包、边煮、边卖。七七事变以前，在门口吃每碗三大枚，当时一毛钱换四十六枚小铜元，即二十三枚大铜元，三大枚只合一分半左右。加一个"卧果儿"（即鸡蛋），再加三大枚，合四分不到，便是一大碗香喷喷、热乎乎的鲜美馄饨，还有一个"水浮鸡蛋"。吴一舸绘旧京平民食品图，有馄饨担，张醉丐题诗有句云："一碗铜元五大枚，薄皮大馅亦豪哉。"这是在街头卖的，稍微贵一些。总的说来价钱真是便宜啊！这也算是馄饨的一段沧桑吧！

烫面饺

每想起小时候在小摊边吃烫面饺，口角边好像在往外流油，真是又香又烫，美味难忘。

我小时候在一条小胡同中念中学，中午放学，住校的同学有伙食团的饭好吃，走读的学生，离家近的回家吃，路远的就在学校门口的小饭铺、小饭摊上吃。那时学校门口的小饭馆、小饭摊也真多，大概不下于十几个吧。其中我最爱到一个车子边去吃烫面饺。那是一辆约有两张桌子大的特制的车子，中心是一个炉灶，放有蒸锅和小蒸笼。一边是面案子、馅盘架子，卖的人一边包，一边蒸，一边卖。在车子的三面边上，有一圈木沿，车边放两三条窄板凳，是顾客的座位。卖饺子的汉子做起来真快，又擀皮，又包馅。擀皮子用两条小木棍，包时把皮子托在左手虎口上，用一根五寸多长的小竹片，挑点馅子，往皮子上一抹，大拇指和二拇指一合便是一只。纯肉馅子，不咸不淡、味道极好。小笼蒸，速度快。蒸熟的饺子，个个挺立，皮子透明，里面的馅子鲜红油亮，一咬一嘴油，味道的鲜美，是笔墨难以形容的。生意忙时，卖蒸饺的夫人，一个梳着油亮圆头、夏天身穿月白士林布衫、系着白围裙的健壮妇女也来帮他做生意。

烫面饺，《一岁货声》中也有记载，其注解云："凡二人，一担前设方盘，中安锅灶笼屉，后则高方柜，背有栏，止拙屉二层，下空，装水桶。一人担二圆笼，内盛各种馅盆，现定现蒸。猪肉、口蘑、干菜、虾仁、香椿、龙须菜、芽韭、藕、羊肉、茴香、白菜、豇豆、芽豆、胡萝卜、卤。"

照闲园菊农所写，那馅更是五花八门，其精美更难想象出来，恐怕现在的高级饭店，也难做得出了。而在当时却不过是一个民间小贩的手艺，想想该多么珍贵啊！

那年月东西便宜，一毛钱换四十六枚铜板，他的烫面饺卖三枚小铜子一个，一毛钱能买十五个还多。家里给我一毛钱吃中饭，我买十个烫面饺，再买两个芝麻酱烧饼，这顿午饭吃得又香又饱，还能剩下四大枚，下学回家时，在小摊上买旧邮票玩。

七七事变之后，物价飞涨，开始半年这人的烫面饺涨了价，卖一毛钱十个，顾客已日益冷落，没有多少了。后来就再也看不见这个卖烫面饺的健壮汉子了。大概他抛弃了祖传的独特精湛手艺，改行从事其他营生去了吧？多少年来我一直思念着。

豆　汁

有一出很有趣的京戏，剧名《金玉奴》，是根据明人说部《古今小说》中《金玉奴棒打薄情郎》改编的。早年是梅兰芳、姜妙香、萧长华的拿手戏，萧扮"团头"金松，梅扮金松之女金玉奴，姜扮书生莫稽，"酸生"十分当行。现在这样好的戏再也看不到了。在这出戏中穷秀才莫稽在风雪中倒卧在金家的门前，金玉奴可怜他即将冻饿而死，给他喝了两碗热乎乎的豆汁，救了他的命。后来莫稽做了官，却遗弃了金玉奴。因此，这出戏又名《豆汁记》。

"豆汁"是什么东西？北京人看了自然明白，要遇到外地人，不要说云、贵、川、广，就是江南上海一带的人吧，恐怕就不大明白了，也许想着，大概这豆汁同豆乳、豆腐浆、豆腐脑、豆腐花等差不多吧？

回答是：不一样。非但不一样，更不是同类的东西。它不是以黄豆制的豆腐类家族中的一员，它是以绿豆制的线粉类家族中的同宗。这豆汁是北京特有的平民化食品，是真正老北京才喜欢吃的东西。简言之，它是制线粉粉房的副产品。粉房中水磨绿豆制粉条或团粉时，把淀粉取出后，剩下来淡绿泛青色的下脚，经过定时发酵后再熬熟，就是"豆汁儿"。近人雪印轩主《燕都小食品杂咏》豆汁粥诗云：

糟粕居然可作粥，老浆风味论稀稠。

无分男女齐来坐，适口酸盐各一瓯。

诗后注云："豆汁，即绿豆粉浆也。其色灰绿，其味苦酸，分生、熟二种。熟者担挑沿街叫卖，佐咸菜食之。"这诗和注解已把豆汁介绍得十分清楚。

豆汁有一种特别的酸味，没有喝过的人，第一次喝是难以下咽的，似乎也同吃臭豆腐一样，要硬着头皮吃过几次，才能"渐入佳境"，领略其无穷的滋味。喝豆汁有在家门口叫住豆汁挑子买来喝的，有在庙会

▶ 豆汁挑儿

豆汁摊子上喝的，最讲究的是在东安市场
东面的摊子上喝，其实豆汁大体上是一样
的，区别在于咸菜上。喝豆汁必须就辣咸
菜，辣咸菜好坏大有讲究，把"水圪垯"
（即盐水掩的芥菜头）切成赛过头发丝般的细
丝，将干辣椒放在油锅中炸得焦黄，连热
油带辣椒一齐倒入咸菜丝，"嚓喇"一响，
其香无比，喝豆汁时就要随喝随吃这种香
喷喷的辣咸菜，同时再吃一两个焦圈，即
很小的炸得焦脆的"油炸鬼"。这样喝上两
碗热乎乎的豆汁，吃两三个焦圈和一小碟

辣咸菜，慢悠悠地喝，直喝得鼻子尖冒汗，那真是遍体生津矣。想起来，这真正是地道的北京味。喝过豆汁的朋友会有同感吧！

豆汁儿也叫豆汁粥，串胡同卖豆汁的吆喝起来是很有趣的，声音拖得很长，中间又一顿："豆汁儿——粥噢，开锅。"中间拖长而尾音短促，可惜我无法描写出声音来。豆汁儿是有点酸溜溜的东西。北京旧时有儿歌云："谁要喝豆汁儿啊？还得找老西儿，酸酸的、辣辣的，酸黄菜，哼唉哟！"

多么好听的儿歌啊！多么值得思念的豆汁儿啊！

烧饼麻花

北京城里人来自四面八方，因而北京话也就很复杂，同样一个东西，东城、西城、南城、北城叫法却并不一样。如旧时吃早点，最普通的是烧饼、果子。对于这"果子"的叫法就不一致。《爱国报》编的《燕市积弊》中有一则记云：

北京外城管着油果子叫麻花儿，内城叫油炸鬼，外省有叫果子的，有叫油条的。这种吃食到处都有，尺中的材料，离不开矾、碱、盐，每斤面有搁三钱的时候，有搁二钱五的月令。按照春秋四季，得斟配合宜，按说都用香油才能算对，谁知道这点儿玩艺，也有毛病，早先兑假是用河油（就是大槽油），而今连河油都嫌不上算啦，弄点子杂类古董，往里一搀。

这说的很细致，把做果子的材料、窍门都说清楚了，但也并非说的完全确切。第一，在几十年前，北京是"果子、麻花、油炸鬼"三种名称都叫，大家都懂，虽然习惯上东城、西城有些差别，但并不明显。不过北京没有叫"油条"的。第二，果子、油条并不是一种东西，离开北京二百四十里的天津卫叫油条，那是笔直的一根，同上海的一样，而北京则没有这种东西。北京的"果子"，是把两小块面压在一起，中间勒一刀，用手拉长，放入油锅炸，用长筷子从中间分开，炸熟的"果子"是梭形的圈。这种"果子"一黄就出锅。如果用筷子在锅内把果子撑成圆形，多炸一些时间变成焦黄色，一碰就碎，这就是焦圈。把一个芝麻酱烧饼，从边上掰开，中间夹一个果子或焦圈，北京习惯叫作"一套烧饼果子"或"一套烧饼麻花"。北京几十年前吃早点，一碗豆浆或一碗杏仁茶，再加一两套烧饼麻花，吃得又饱又香。这是当年最普通、最实惠、也最好吃的早点。

▼ 烧饼摊

做芝麻酱烧饼，是用粗白面（也叫黑面）发面，即一罗到底，略带一点麸皮的面粉，那时机制面粉叫"洋面"，做烧饼一般没有用洋面的。面中加碱、矾、盐，做时每二十个或三四十个烙一炉。把面摊开，抹上芝麻酱，洒上花椒盐，再裹起，分成小块，擀成饼，刷点碱水，沾上芝麻，先烙后烤。饼师做起来，是极为熟练的。另外还有吊炉烧饼、马蹄烧饼、驴蹄烧饸三种，那是用好白面做的，按旧时说法，叫"二罗面"，即罗两次的精白面。不放芝麻酱，一样沾很多芝麻，不用平底锅而用吊炉烤，这种烧饼别有风味，同芝麻酱烧饼比各有千秋。过去中山公园来今雨轩的名点有肉末烧饼，那就是用精白面粉做的吊炉烧饸，价钱自然贵一些。闲园菊农《一岁货声》说："其炉如四尺盂，上贴烘热，稍小而尖者曰驴蹄。"又云："吊炉、高面一派，味殊胜。"不过这种吊炉烧饼后来很少见了。

北京的烧饼、麻花，东西虽极平常，但却名声不小，因曾经过不少名人的品题。如曲园老人（按，即俞樾）就曾有《忆京都词》云：

忆京都，小食更精工。盘内切糕甜又软，油中灼果脆而松。不似此间吃胡饼，零落残牙殊怕硬。

词后自注："油灼果，俗称油灼桧，云杭人恶秦桧而作。是南制而迥不及北制之美，何也？"可见曲园老人当年是多么思念这普普通通的北京早点啊！脆而松的油炸鬼，如今却也不那么容易吃到了，连马蹄烧饼、吊炉烧饼、焦圈，等等，这些当年街头巷尾常见的东西，都已成了历史的名词。这是十分可惜的事，不知哪一天在恢复传统饮食时，这些大众化的美味食品能再度出现街头？我想不少人会在期待着吧。

烤白薯

白薯，是最普通的东西，上海人叫山芋，浙江人叫番薯，山西人叫红薯，潮州人叫番茨，有的地方还叫红苕、地瓜，名字虽然多种多样，而东西却是一种。我怀念北京的白薯，尤其是北京的烤白薯。

"烤白薯，真热乎！"

"栗子味儿的烤白薯——"

这熟稔的市声，纵使远隔北京千里，也会时时在我耳边回响。

那时卖烤白薯的人也真多，街头巷尾几乎到处可见。一只破缸，或一只破汽油桶，都可用来泥出一个烤白薯的炉子。火不要太旺，但时间要长，用的煤核儿不能太多。在炉膛的腰部，是一圈铁丝网，生白薯分两层放在这圈网上烘烤。炉面盖一块大铁板，可以随开随合。一把长火钳，打开炉盖斜伸进去可以夹住烤着的白薯，随时翻弄。夹出来用手掐一掐，如果软了，便是烤透了，就拍拍灰摆在炉盘上出售，不然便再放回去继续烘烤。我常常想起那些整齐地堆放在炉盘边上的白薯，像山乡人家

▼ 1900 年北京街头卖烤白薯的小摊

用卵石堆的坎坷的短墙一样，那每一小块"卵石"，剥去它那灰黄的外衣，里面却充满了热，充满了甜香，给人以甜蜜的温饱，正像烘烤它的那位汉子一样的朴实……单只这一点还不值得人回味吗？

北京的白薯烤透了，剥去皮呈现出的肉是深黄的，作南瓜色，又甜又香，又糯又腻，入口即化，比起上海一带的那种栗子山芋，是决然不同的。幽燕苦寒，冬天早晨冷起来十分凛冽。记得上小学时，半路上花五大枚（五个当二十铜板）买一个烤白薯，热乎乎地捧着当手炉，一直到了教室坐定以后，才慢慢地吃，又取暖，又果腹，其妙无穷，实在是贫苦孩子的恩物啊！《燕京岁时记》云："白薯（即薯）贫富皆嗜，不假扶持，用火煨熟，自然甘美，较之山药、芋头尤足济世，可方为朴实有用之材。"

《燕京岁时记》是名书，富察敦崇写的是好文章，一经品题，白薯亦身价十倍了。

烤白薯之外，还有煮白薯，卖者推一个独轮车，上有一个小炉子，架一口"四应"锅，煮一锅像萝卜般粗的红皮麦茬的小白薯，买时小贩信手从中捞一块出来，在板上切切碎，放在一个粗碗中，再从锅中盛一小勺黏糊糊的甜汁浇在上面，价钱比烤的便宜，吃起来比烤的还好吃。近人沈太侔《春明采风志》记云："白薯与山药同类，山东人呼为红山药，都人冬令，多担锅卖此者，至锅底带汁者味佳。近又烤熟卖者亦佳。"

据沈太侔记载，似乎早年间只有卖煮白薯的，烤白薯还是后来兴起的，因手边无文献，未及详考。北京最讲究吃麦茬白薯，就是夏天割完麦子，在麦子地里种的白薯，这样的白薯长得不大，但甜、香、腻三者俱备，有特殊风味。至于为什么会如此，那是农艺学家研究的问题，我就无从回答了。

值得欣喜的是，近年京沪两地，又有卖烤白薯的了。而煮白薯锅底带汁者却仍没有卖的，对此只能不断地思念着了。

甜品集锦

爱窝窝

北京旧时有不少沿街叫卖的小食品，都是颇值得令人回忆的。光绪时有个蔡绳格，别号闲园菊农，是个有心人，他写过一本小书，书名《一岁货声》(这本书很少见，旧时全是辗转抄本，张次溪先生曾编印入《燕都风土丛书》中。有人写文章提到，说是《一岁市声》，那是错的)，现在从中抄几条正、二月的食品。

"精米粥"条注云："自元旦粥中带红枣儿，破五(正月初五)撤，每碗必盛一二枚。光绪中与卖甜浆粥者群讼，胜，后始带卖烘饼、油炸果，端午添凉粥。"

《万寿图》中的"各色果馅饽饽"店匾（清）佚名绘 故宫博物院藏

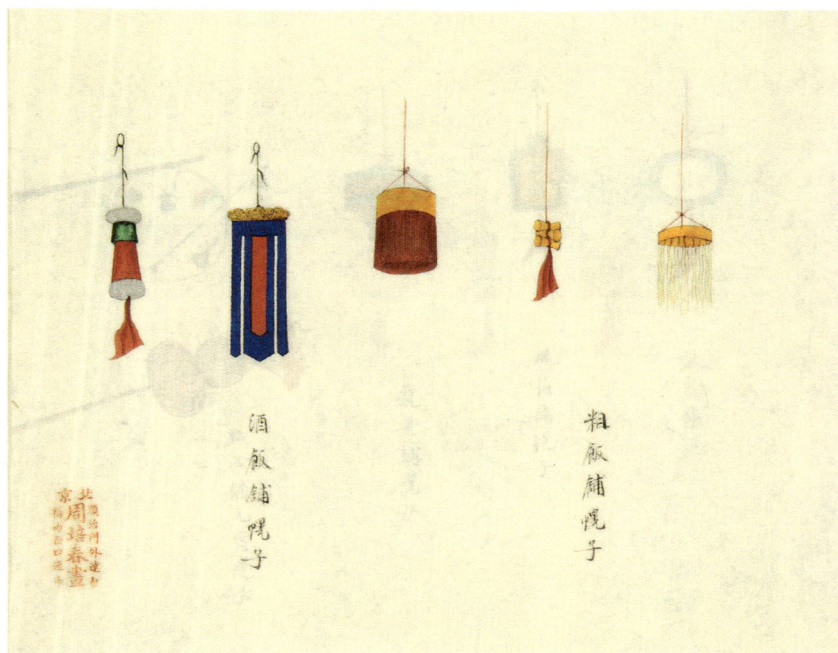

▼ 清末民初民俗画师周培春所绘店铺幌子（局部）

"香菌、蘑菇馅的素包子……"注云：
"挑两套细长笼屉，咸、同年间，一叟长卖
通乞，自元旦开张，一文钱两个。"

"桂花元宵"条注云："挑担，前设锅
炉，山楂、白糖、奶油，加果各馅。"

"供佛的太阳糕"条，注云："白米面
加糖，初一日祭。"

"蜂糕来哎——爱窝窝"条注云："清
真回教，挎长方盘，敲小木梆，必于初一
日开张。红、白蜂糕，枣窝窝、糖窝窝，
白糖、芝麻、澄沙三样
爱窝窝，江米粘糕。"

▶ 卖爱窝窝
（《清国京城市景风
俗图》）

在这许多好吃的东
西里面，我最爱吃爱窝
窝，在我小时候在北
京时，有的已没有了；
有的虽有，也不常见

了。在还有的街头叫卖的甜点中，那凉阴阴、甜滋滋、香喷喷、软溜溜的雪白雪白的爱窝窝，留给了我永难忘怀的甜蜜回忆。

爱窝窝是用烧得极软的糯米饭压紧，像揉面一样，揉好捏成小块，拿来做成皮子，内包各种馅子，白糖、玫瑰、桃仁；白糖、山楂；白糖、芝麻；澄沙；等等。包好之后，再放入干江米面中滚一下，上面沾满干面，表面雪白一层，真有点欺霜傲雪，干净好看。吃时拿在手中，并不沾手。《燕都小食品杂咏》咏爱窝窝云：

白黏江米入蒸锅，什锦馅儿粉面搓。

浑似汤团不待煮，清真唤作爱窝窝。

诗后自注道："爱窝窝，回人所售食品之一，以蒸透极软之江米，待冷，裹以各色之馅，用面粉团成圆球。大小不一，视价而异，可以冷食。"

按，此诗是署名雪印轩主者所作，最早登在《正风》半月刊上，诗注所说基本上是对的，但小有出入者，即所说"用面粉团成圆球"。那不是面粉，是江米粉。再有他所说"可以冷食"，实际完全是冷食的，爱窝窝从来不吃热的。如果与江南食品比较，倒有点像江南的刺毛糰子、双酿糰子，但味道不同。苏州观前街黄天源，上海王家沙、沈大成、乔家栅等家的搨沙糰子、刺毛糰子，都是名店的名点，但总觉没有爱窝窝好吃。爱窝窝需米饭做皮子，入口凉爽。北京冬天围炉吃冷食，又爽口，又香甜。

糯米食品，江南与北京有一明显不同的习惯，即北京爱吃冷的。而江南人对糯米食品一般要吃热的，粽子便是最普通的例子。元欧阳玄功《渔家傲》词"五月"云："添香鸣，凉糕时候秋生榻。"这凉糕就是软糯米饭夹豆沙做的，米并不磨粉，实际也就是可以做爱窝窝皮子的，凉凉的比磨成粉的糕好吃。

每年正月厂甸开时，电话南局门口，固定有一个卖爱窝窝的车子，一边做，一边卖，那健壮的汉子手艺十分利索，颇招引顾客。在记忆中，这是最好的爱窝窝了。

元　宵

元宵，是北京的叫法，江南叫汤团。近人徐仲可（珂）《清稗类钞》云："汤圆一曰汤团，北人谓之元宵，以上元之夕必食之也。然实常年有之，屑米为粉以制之，粉入水，沉淀之使滑而制成者，为挂粉汤团。有甜咸各馅，亦有无馅者，曰实心汤圆。"

不过严格地说，元宵和汤团虽属类似的东西，但做法有很大的差别。北京元宵，都是干磨江米面，不用糯米水磨粉，即徐珂所说的挂粉。北京元宵绝对不做肉馅，而江南汤团却以肉为主。二者不能画等号。过去有个很有趣的故事：一位初到北京的江南举子，正月里到亲戚家做客，人家煮了元宵招待他，这位举子夹起一个，端详半天才入口，主人感到奇怪，便忍不住问道："你觉得有什么不合适？"这位举子道："味道很好，只是我想问问这馅心是怎么摆进去的？"一句话引得众人哄然大笑，从此便传为笑谈。

江南用糯米水粉包汤团，是把一小团湿糯米面放在手中，掐成酒杯形，然后放入馅子包起。肉的掐一个尖尖头，荠菜的掐成椭圆形，中间做个皱纹记号，芝麻的掐成圆的，上面有些花纹……总之都有封口的地方，在碗中可以分辨甜咸和不同的馅子。而北京的元宵，则浑然一体，混沌难分，对不明究竟的人，确是饶有兴味，也就难怪那个举子的惹人招笑了。

按，北京做元宵，俗语曰打。实际是

▶ 卖元宵的摊贩
《清代民间生活图集》

滚和摇两个动作。先把糖熬稀，加玫瑰、山楂、核桃仁、芝麻、瓜子仁、青红丝等和在一起，或团成龙眼大的小团，或切成小方块，冷却待用。用大柳条笸箩，放上干糯米面，北京叫江米面，把糖块样的馅子倒入面中，一边洒水，一边滚，使糯米面在糖块身上滚满，像滚雪球一样，越滚越大，这是件很吃力的工作，一次可滚百八十个。然后再按不同的馅子，在上面点上鲜红的点，或一点，或两点，像宝塔一样，堆在大瓷盘中，犹如白雪红梅，真是漂亮极了。北京人吃元宵，一般是买回家煮了吃，有时也到铺子里吃，庙会上最多，一入冬就有的卖了。而且还可油炸了吃，不过我不大爱吃油炸的。再有北京元宵家中做不来，都是外买的，不比江南汤团主要是自己家里做。元宵馅子好，山楂、玫瑰都有核桃仁、松仁等，像月饼馅子，吃起来比江南汤团好多了。北京卖元宵，除去点心铺、庙会上而外，还有挑担子到胡同中卖的。《一岁货声》"桂花元宵"下注云："挑担前设锅炉，山楂、白糖、奶油，加果各馅。"

不过几十年前这种元宵担子已很少见了。那时点心铺中，以前门大街正明斋的元宵为最好。

"现揭锅的元宵的来——个大馅好的哎——"

这熟悉的叫卖声似乎又在我的耳畔回响了！

萨其马

一位朋友从都门带来一盒点心，打开盒子拿了一块出来，黄黄的，一丝丝黏合在一起，上面布满青红丝，其名曰萨其马。这是北京的萨其马，不是上海的萨其马。

按，萨其马，亦可写作沙其马、赛利马，等等，总之是译音的写法，有似翻译文字，并不一致，这个怪名字是从哪里来的呢？《光绪顺天府志》有一则简单的记载："赛利马为喇嘛点心，今市肆为之，用面杂以果品，和糖及猪油蒸成，味极美。"

富察敦崇《燕京岁时记》云："萨齐玛乃满洲饽饽，

以冰糖、奶油合白面为之，形如糯米，用不灰木烘炉烤熟，遂成方块，甜腻可食。芙蓉糕与萨齐玛同，但面有红糖，艳如芙蓉耳。"

这两则记载，大同小异，都较简单，对其制法，说得都不怎么清楚，但可以肯定这名称是译音，不是蒙古语，就是满洲语，故写法各异。如说是喇嘛点心，那就是蒙古语；如说是满洲饽饽，那便是满洲话。过去在上海，人们习惯认为萨其马是广东点心，那是不知其本源的讹传了。萨其马的做法是，以鸡蛋清和奶、糖、面粉调成糊状，用漏勺架在油锅上，将面糊炸成粉条一样的东西，然后在模子中以蜂蜜粘压成型，稍蒸之后，上面洒以熟芝麻或瓜子仁、青红丝，用刀切成长方块即成。因制造时调有蜂蜜，最为滋润，日久不会干燥；又因面中加鸡蛋清调成，过油稍炸即为中空外直的细条。吃时入口即化，几乎不用咀嚼。其中有蛋味、奶味、蜂蜜味，三者和面、油相混，形成一种特殊美味，是任何其他糕饼所不能企及的。如果在萨其马的表面，铺一层染为桃红色的绵白糖，样子会更好看，取的名字也格外好

听，谓之芙蓉糕。其实并不如萨其马好吃，一来太甜，二来绵白糖压紧，吃起来不松软。萨其马和芙蓉糕都是冬天的点心，大概入冬卖起，卖到开春吧，好的萨其马切成高不盈寸、二寸多长的长方形扁块，底部全粘上炒熟的芝麻，放在点心盒子里，一层层互相不会粘在一起。

北京旧时的点心铺，大约分三种，一种叫满洲饽饽铺，多开在内城。一种叫南果铺，多开在南城。后来又有一种西式点心铺，也叫面包房，如东安市场国强、西单滨来香等，专卖西式糕点，北京叫洋点心。在这三种点心铺中，前两种的幌子上写有"满汉饽饽"等字样，都卖很好的萨其马。如前门大街的正明斋，西单北的毓美斋、兰英斋等，有的还是庚子前的老店。萨其马是季节性的食品，一般冬天才有，夏天天热，做黏性点心自然困难。好的萨其马做得很细、很酥、很软，要有相当的手艺。萨其马在点心铺中所以价钱较贵，那是因为奶油、蜂蜜原料都是高级的。过去那样质量的萨其马，现在南北各地都见不到了，这该与制作技术有很大关系。民间的传统食品制作技术，看来是应该好好发掘继承的。

和萨其马类似的还有过年的供佛的蜜供，也是用油面切成小方条炸后一条条用蜜粘在一起，可砌成方塔状，高低不一，佛前一供一对，左右各一，完了给孩子们吃，叫"蜜供尖"，最好的是新街口聚声斋、地安门外增庆斋，招牌是桂花蜜供。这是北京旧时特有的食品，江南没有，也难以想象了。

藤萝饼

前些年应友人之约，去吴门探春，在拙政园看文徵明手植藤花，写了几首小诗，其中有一首道：

> 偶惹乡情忆饼家，紫藤时节味宜夸。
>
> 自怜食指防人笑，羞解青囊拾落花。

这里不免引起别人疑问：看着藤花，怎么会想起"饼家"来呢？这岂不有点馋痨吗？这虽不同于"花间喝道"之俗不可耐，但未免也有些使人莫名其妙了。且慢，听我慢慢道来，《燕京岁时记》记云："四月以玫瑰花为之者，谓之玫瑰饼，以藤萝花为之者，谓之藤萝饼，皆应时之食物也。"

我看着藤萝花，不免想起北京好吃的藤萝饼来。京式点心铺每到春天玫瑰、藤萝着花时，都要卖白皮翻毛玫瑰饼、藤萝饼。玫瑰花做馅子不稀奇，南方也有玫瑰月饼、糖玫瑰等食物出售，只有用鲜藤萝花做馅，那才是北京特有的，是真正富有乡土风味的细点。

北京点心中，白皮翻毛饼，本来是做得很好的。所谓"白皮翻毛"，就是用最好三罗飞白面，也就是最细的面粉，用最干净的熬好的猪油和面。做皮子时，再把油酥面反复揉折，弄成烘熟后一碰就碎的雪白皮子。这样雪白酥松的饼，盖上鲜红的印子，不要说吃，只看一眼就要垂涎了，何况还包着特制的馅子呢？藤萝饼的馅子，是以鲜藤萝花为主，和以熬稀的好白糖、蜂蜜，再

《紫藤蜜蜂图》
齐白石绘

加果料松子仁、青丝、红丝等制成。因以藤萝花为主，吃到嘴里，全是藤萝花香味，与一般的玫瑰、山楂、桂花等是迥不相同的。知堂老人曾写文章慨叹，在北京吃不到好茶食，好点心，实际是有些偏见。藤萝饼不就是京华的好点心吗？只是老人死时很凄凉悲惨。说到此间，不免更使人感慨不已了。

普通人家，拾半篮藤萝花，回家洗干净，拌上干面粉，上锅一蒸，熟后起油锅，加点盐和葱花一炒，可说是清香扑鼻 别有风味，这是昔年北京厨下的家常食物，谓之"藤花块垒"(方音借用)。李越缦在日记中曾记他"拾藤花一斗"的事，但未写明如何吃法，我也很想拾点落花，回去弄点吃吃，但哪里好意思呢，因之小诗结句，便道"羞解青囊拾落花"了。

也许有人会说：花是给人看的，你谈来谈去尽说"吃花"，纵不能说俗不可耐，也是不足为训的。其实这也是过于拘泥的说法，稍一解释便可说通。第一，不少花都是被人种来当作食物的，如金针菜、玫瑰、桂花，等等，那么别的花不也同样可以当作食物。

第二，懂得吃花，正是我们懂得生活的艺术，如果说"秀色可餐"，用到这里该是十分形象的。

总之，藤萝饼是地道的北京佳点，是一种又甜、又腻、又清香的饼。而且看上去雪白，皮子一碰就碎，鲜红的印子，红白相映，看上去也是极美的。这样好的饼，多么值得人思念呢？怎么能说北京没有好点心啊！我真要为藤萝饼叫屈了。

豌豆黄

旧时北海公园中各个茶座上，出售许多种好点心，其中以仿膳的小窝头和豌豆黄最为使人怀念。

小窝头是清宫御膳房在西太后那拉氏庚子蒙尘（即逃难），从西安回北京后，想出来的花招。本来玉米面窝窝头在北京是穷苦人家的主食，那拉氏蒙尘归来，也要吃窝窝头，以示不忘民间"剧苦"。但又不能吃真窝头，于是御膳房就想出花招，蒸出所谓栗子面的小酒杯大的窝头来。仿膳等处卖的名点，就是这种小窝头。就名称上说，叫作"栗子面小窝头"，实际并不是栗子磨的面，而主要是以少量的新玉米（玉蜀黍），多量的黄豆、糯米等几样东西配在一起磨成面；面要磨得极细，要用很细的绢箩罗几次。蒸时再加足量的糖，捏成很小很薄的窝头形，不过是个意思，取其形似耳。

蒸这种小窝头的面，过去有专门铺子来磨。北长街有家大粮店，字号叫泰来，东家是山东海阳人，姓赵，结交内务府、御膳房内监等人，专做宫里生意，蒸小窝

▶ 卖豌豆黄儿
《清国京城市景风俗图》

头的栗子面，就是他家磨的。据说磨时多少要放一些风干栗子。

豌豆黄也是北京传统食品，徐珂《清稗类钞》云："京都点心之著名者，以面裹榆夹，蒸之为糕，和糖而食之。以豌豆研泥，间以枣肉，曰豌豆黄。"

徐珂对做法说得太简单，实际是像做澄沙一样，把豌豆煮得稀烂，用细箩滤过去其皮，豌豆汤澄淀成豌豆泥，加糖再煮，成糊状，加石膏作定型剂，放在容器中送到冰箱内冰镇，凝固后便成。取出切成四方小块，放在盘中，一色姜黄，方方正正，乍一望去很像一块块的高级"田黄"或"南瓜冻石"图章。近人雪印轩主《燕都小食品杂咏》云：

从来食物属燕京，豌豆黄儿久著名。
红枣都嵌金屑里，十文一块买黄琼。

在诗后还有注解说："以去皮之豌豆，入砂锅内，煮之成粥，后入以红枣，俟水分渐干，即可成块，出锅，待冷却后分切三角之块，陈列售卖，橙黄之块，满嵌红枣，可观亦可食。"这说得也很好，不过这样做的，是推车小贩在街上卖的豌豆黄。这种街上卖的豌豆黄，和枣煮在一起，不多放糖，不甚甜，是普通豌豆黄。北海仿膳卖的豌豆黄，和好白糖煮，加点桂花，不放红枣，做得十分细腻，是宫里的做法，是高级的豌豆黄。夏天喝茶时，买一盘豌豆黄，刚刚从冰箱中取出来，用牙签扦着吃，又甜、又软、又凉、又香，入口即化。其甜和糯的滋味，正像日本作家五十岚力所著《我的书翰》中说的上野"空也"点心，"吃起来馅和糖及果实浑然融合，在舌头上分不出各自的味来"。即日本式果子屋卖的豆制"果子"（点心），而凉和香则又是日本式"果子"所没有的，小窝头和豌豆黄比较起来，那豌豆黄要好吃多了。老实说，大窝头不好吃，小窝头也同样不好吃。

月　饼

　　说起北京的风土人情，饮食风尚，其中固然不少是使人思念的。但也不能一味地奉承，乱夸好。比方说起北京的月饼来，我就感到怪寒伧，几乎有点游夏不敢赞一词了。几十年前北京最普通的月饼，有一个怪名字，叫作"自来红""自来白"，这种月饼，大小都同一个芝麻酱烧饼差不多。自来红是红皮的，自来白是白皮的，油都很少。月饼馅子不放任何果料，只是红糖和白糖，放的也很少，咬开来有半只是空的。馅子的糖受热后融为一块，十分坚硬。这样皮子因为少油而发硬，馅子因为糖消融结块而发硬，真可谓"硬碰硬"，老年人吃起来够辛苦，小孩子吃起来也不见得多好，而每年八月节，家家还是要买的。

除此之外，还有提浆月饼，是用油与水和面，馅中加果料，玫瑰、核桃仁、青红丝，等等，包好放进刻花木模中成型印出花纹，然后再上炉烘烤，以去水分，谓之提浆。这种月饼同样由于油少，吃起来仍是坚硬，并不好吃。提浆月饼可以做成极大的一个，用来祭月，然后全家分食，每人一份，谓之团圆饼。也

▶ 卖月饼
（《京都叫卖图》）

可以做套形的，即一个比一个大，叠起来像一个小塔一样，用来供佛，同样是"中看不中吃"的。《同治都门纪略》中所收《都门杂咏》月饼诗云：

红白翻毛制造精，中秋送礼遍都城。

论斤成套皆低货，馅少皮干大半生。

可谓绝妙好词。同治时即如此，可见北京月饼之欠佳，盖有年矣。

当然，关于月饼也有好的记载。《燕京岁时记》云：“中秋月饼以前门致美斋者为京师第一，他处不足食也。”

但这所说好，并不一定是指自来红、自来白、提浆，等等。因为致美斋在同治、光绪之际，原是点心铺，当时以南味号召，自然做的是苏式月饼。后来生意好，扩大为饭馆，以名点萝卜丝饼为号召，主要是按照做酥皮月饼的路子做的。

论月饼，北方以山西为好，过去北路沙河月饼是有名的。做得很小很厚，皮酥馅糯而香，果料足，油足，但不腻。江南是苏州的好，岭南属广东的好。这些月饼，在过去北京都有名家制作出售。前门大街路东，山西干果子铺通三益，每年都卖山西式月饼，油重、馅子厚，大多是素油的。苏式月饼，就属煤市街致美斋，后来就是各家稻香村了。广式月饼，早期最好者为宣外骡马市大街佛照楼，平时是广东旅馆，八月十五兼营月饼，都是广东饼师制作。其后西单、东单各有一家广东饼家，店名“老广东”“新广东”。但是这些月饼尽管是在北京制作，究竟不能算作北京的月饼。北京的月饼仍然要数自来红、自来白和供佛月饼，供佛月饼似乎是满洲风俗"饽饽桌"的遗制，而自来红、自来白，我始终不了解它的来源。其他地方也没有看见过这样的月饼，真是奇怪啊！

燕山面赋

炸酱面

《三国演义》上写刘备在东吴说:"北人乘马,南人乘船。"孙权听了不服气,立即跳上马,击了一鞭,放了一个鸳头,似乎替南人出了一口气,这也算是一次小小的南北之争吧。由此我又想到另一点,就是"南人吃米,北人吃面"。自然这也不要绝对化,不然碰上一个烈性人打起赌来,那就不妙了。因为北京人常吃面食,我这里便写篇《燕山面赋》。晋人束皙有《饼赋》。其实《饼赋》也就是"面赋"。《饼赋》有句云:"玄冬猛寒,清晨之会,涕冻鼻中,霜凝口外,充虚解战，汤饼为最。"

"汤饼"者，即热汤面也。意思是说，冬天的早晨，冻得又流鼻涕，又哈冷气，这会儿吃碗热乎乎的热汤面，是最能充饥解冻的，古人想得很实惠，也很大众化，并不一大早就想吃羊肉涮锅子或牛尾汤。因为是从实惠出发，所以写出的是好文章。所谓"汤饼"，就是今天所说的面条。古人的"饼"是指广泛的面食而言。直到现在，小孩过生日吃面，说句雅言叫作"汤饼会"，而不叫"汤面会"，就是这个道理。

生长京国，久住申江，和朋友们谈天，常常询我以北京旧事，自然也常常说到北京的吃食。自从某年报载日本小川大使爱吃炸酱面之后，一些熟人，便向我提出了诸如"炸酱面如何好吃"或"炸酱面如何制作"之类的问题，于是我也常常想起炸酱面来，有些犯馋，这也可叫作"乡味之恋"吧。

炸酱面是北京人的家常便饭，全部内容分炸酱、面条、菜码三部分。炸酱简单说就是肉炒酱，分肉丁炸酱、肉末炸酱、木樨（即鸡蛋）炸酱。酱要黄豆做的黄酱或麸子做的甜面酱，要三伏天晒的好豆瓣酱。酱在乡下都是自己家中做，在北京则是酱园中买，如是名家天源、六必居等大酱园子的就更好了。炸酱时用素油，顶好是小磨香油，其次是好花生油。起油锅，火要大，冒完黑烟，下葱、姜末、肉丁或肉末、木樨，把预先用水调稀的酱同时入锅，经炒匀搅拌稍炸，即可出锅盛入碗中。端上桌子，可见一碗之中，中间是酱，四周满清油。像江南的"响油鳝丝"一样，端上来时要吱吱有声才好。随着响声，一股扑鼻的香味袭来，自然要激起你的食欲了。

酱之外再说面条。炸酱面要吃拉面，又名抻面，俗名大把条。要用和的软硬适中的面，在案板上揉，揉到一定程度，拿起两端，在空中一边拉，一边上下悠动，拉长之后，再并起两头，一摇，拧在一起。如此往返数次，再并起来拉，一变二，二变四……便变成了无数又韧、又细的面条，捧在开水锅前，掐断两头，把面下入锅中。一开锅，点冷水，再开锅面就熟了。

把热面捞入冷开水中过水，再盛入碗内，叫作"面批"。这种大把拉面，自然都是小饭馆、二荤铺中卖的，真正大一点的饭馆，便不卖炸酱面了。小饭馆学徒的先学拉面，那时拉大把面的人太多了，也并非什么绝技。一般家庭中，拉大把面的不多，只有一根根地拉，叫作"小刀面"。明代刘若愚《酌中志》云："初五日午时……吃加蒜过水面。赏石榴花，佩艾叶。"盖过水面即唐人所说之"冷淘"也。如喜欢吃热面，谓之"锅挑"，直接由锅中捞出即可。

面之外要有菜码，即不加任何作料之生切黄瓜丝、水萝卜丝、水焯绿豆芽等。吃时把炸酱、酱中油和菜码盛在面条上拌匀，吃时面又韧、又滑，炸酱又香，菜码又鲜，又可口，真是滋味无穷。《京兆地理志》云："炸酱面，京兆各县富家多食之。旅行各乡镇，便饭中以此为最便。"

正因为是最普通的家常便饭，也就更值得人思恋了。饭馆中也有以卖炸酱面出名的，那就是阜成门外路北的虾米居。他家的兔脯也很出名。是个小饭馆，只不过够上个二荤铺罢了。

麻酱面

读日本作家陈舜臣的《北京之旅》(按，"之"原为日文假名"の")，书中照片很多。书中有一张卖冷面的照片：一家铺子门前，立了一块木板，贴了一张黄纸，上面写着："现在供应，香油凉面。"看到这张照片，好像闻到了香喷喷的小磨香油味，吃到了滑溜溜的爽口面条。这真是一张显示了生活情趣的照片啊！只可惜这不是北京风物的反映。刘若愚《酌中志》云："六月初六日，皇史宬古今通集库銮驾库晒晾，吃过水面，嚼银苗菜，即藕之新嫩秧也。初伏日造曲，惟以白面，用绿豆加料和成，晒之。"

这里面特别是"吃过水面"一句，正是夏日即景。夏天吃凉面，原是北京古老的风俗。而中国吃冷面，早在唐朝就很普通了，并且吃法也很讲究。杜甫《槐叶冷淘》诗云：

青青高槐叶，采掇付中厨。

新面来近市，汁滓宛相俱。

入鼎资过熟，加餐愁欲无。

碧鲜俱照箸，香饭兼苞芦。

经齿冷于雪，劝人投此珠。

原随金鼎泉，走置锦屠苏。

路远思恐泥，兴深终不渝。

献芹则小小，荐藻明区区。

万里露寒殿，开冰清玉壶。

君王纳凉晚，此物亦时须。

此老实在妩媚动人，不但把冷淘（也就是过水面）凉面写得十分漂亮，而看意思是把槐叶掺到面中去，好像榆钱糁一样。只可惜最后两句，未免太迂了。这种吃法，现在北京一般少见了。但不知今天西安、成都等地还有没有"槐叶冷淘"。槐叶冷淘不是北京的吃法，那么香油凉面是否地道的北京吃法呢？认真说也不是。

《酌中志》中所说的六月六日"吃过水面"，是指把热锅中挑出的面条，放入用辘轳绞上来的井水中过一下，取其凉意，但这时还是白面条，吃时还要另加调料，或是炸酱，或是芝麻酱。芝麻酱凉面，是真正的北京吃法。香油凉面那还不是真正的北京风味，而是外地的吃法，如四川的担担面、吉林延吉的朝鲜冷面等。

把芝麻酱加少量的冷开水调薄，调时少许放一点精盐和味精。把调好的芝麻酱盛在大碗中备用。将三伏好酱油少许，烧熟，冷却，起油锅煎一些花椒油趁热倒入酱油中，再倒一些小磨香油进去，如吃辣的，再加一点辣油，此谓之"三合油"。同时预备好各种时鲜菜码，翠生生的嫩黄瓜丝，水泠泠的娇红小水萝卜丝，雪白的水焯掐菜（即小绿豆芽菜掐去头尾，在开水锅中很快焯熟），碧绿匀嫩豆苗，剥好的蒜瓣，这些都放在小碟中。白面批端上来，先加芝麻酱，再撩点三合油，放点各样菜码一拌，那个香鲜味简直无法形容了。要知道，这才是真正北京风味的饮食艺术啊！

打卤面

北京人家常面饭并不是只吃炸酱面，其他还有不少，如芝麻酱面、热汤面、一和汤面、打卤面，等等，种类很多。照明末蒋一葵《长安客话》记载：还有什么蝴蝶面、水滑面、托掌面等。惟时代隔阂，有的如蝴蝶面之类，已不知是什么东西，可能是馎饦一类的吧。再有托掌面，可能就是刀削面，因是托在手中削的。至于水滑面呢，可能就是过水面吧，都是值得研究的，这里就不多说了，但因此总可以说明北京人吃面品种是十分繁多的。自然比起晋南人来，那还是望尘莫及。据说，山西祁县、太谷一带的人能做出七十多种不同的面来。

这许多名称，外地人看了不见得都懂。如热汤面和一和汤面如何区分，似乎就很可以卖个关子，其实说破了却毫不稀奇。做一锅肉丝、白菜丝、黄瓜片之类的汤，浇在白面批上，便是热汤面。如把面条直接下到肉丝白菜汤中，便是一和汤面，这又有什么稀奇之处呢？

就北京人来说，这些面中较为讲究的，要算打卤面了。打卤分香油卤（即素卤）、猪肉卤、羊肉卤、木樨卤、鸡丝卤、螃蟹卤、三鲜卤（肉加虾仁、海参），等等。打卤之法就是先起油锅，把肉片、黄花菜、玉兰片等下油锅一炒，加精盐、酱油等好作料然后入汤，再把发好洗净的口蘑、大虾米仁连汁一起倒入锅中煮，烧开后，再勾芡粉浆，这样便可烧成一锅香喷喷、滑腻腻的卤了。把这卤浇在一碗碗的现出锅的面条上，便是打卤面。打卤一定少不了黄花菜、木耳、虾米等，素卤不放肉和虾米，但要加香菇、口蘑、玉兰片等。木樨卤用鸡蛋打卤，不放肉。羊肉卤则是清真教门的食品。

清代旗人红白喜事，招待客人，有一种便席叫炒菜面，就是几个炒菜喝酒，然后吃面，这面一定是吃打卤面。北京"百本张"俗曲《鸳鸯扣·插戴》中描绘娶亲时招待客人道："不多时太太传话说叫摆饭，那些个家人仆妇就奔走不迭，先端上八碗热菜请吃喜酒，然后吃面的小菜倒有好几十碟，螃蟹卤、鸡丝卤随人自便，以下的猪肉打卤没什么分别。里外用完手下人也都吃毕，才叫人预备车马又打扮姑爷。"

从这几句曲子中，亦可见当年之饮食风尚。

在家中吃打卤面，习惯用小拉面，把面和得不软不硬，先在盆中醒一醒，消消韧性，然后取出一块，揉好擀开，切成条，在锅口上一根根地拉成细面条下在锅中，谓之"小拉面"。如在小饭馆中吃打卤面，那自然都是大把拉面，即所谓"大把条"。

馆子中吃打卤面，都是小饭馆，顶多是个二荤铺。几十年前，隆福寺街"灶温"的一窝丝面，是北京极有名的，天天客满，至于什么卤，那就随您的意了。

荞　面

闲阅金息侯《清宫史略》，内中有一则记载宫中日用，十分值得分析。其文云："皇太后宫日用猪一口，羊一只，鸡、鸭各一只……白面十五斤，荞麦面、麦子粉各一斤……"

称得起数目大，品类全。当然，所谓"太后老佛爷"嘛，理应是要啥有啥，御膳房办膳，不管吃不吃也要准备好，老太婆一天当然吃不了十五斤白面，但用白面做的食品，都要预先做好，随时想吃包子，就要上包子；想吃春卷，就要上春卷，限时限刻就得端上去。不吃，自然有人吃，并有人拿这些东西去变钱，这也是清代皇宫中公开的秘密。不是嘛，当时外面一两纹银可以买一千个鸡蛋，而在宫中御膳房，一枚鸡蛋要报销三两银子，这都不足为奇。妙在这段记载中，却有荞麦面、麦子粉各一斤，这是较难理解的。荞麦面非但不是细粮，也不是普通的粮食，民间也很少吃，太后御膳房却每天要准备一斤。如何吃法呢？人常说，西太后要吃小窝头，而这里记载，不要玉米面、小米面，反而却要荞麦面，是怎么回事呢？可见历史书读起来的确是并不容易，时代的隔阂，生活的隔阂，有时是很难理解的。

荞麦面是北京人不常吃但又很爱吃的一种东西，那是一种别有风味的食品，吃到嘴中稍微有点粗涩之感，若加上好调料，却是很好吃的。荞麦面没有人用来蒸馒头，也很少有人用来烙饼，最多的是用来做切面条吃。它黏韧性小，不能做拉面，也切不成长条，一长就断掉了。煮熟后，上面浇肉汤，最好是羊肉雪里蕴汤，再加上辣油，味道颇为鲜美。惯吃面粉的人，冬天偶然吃顿荞麦面条，很能换换口味，吃起来很痛快。还有一种与面条相似的吃法，做饸饹吃。把荞麦面用水和好后，放在一个有许多小圆洞的漏子上，加压力，则下面出现一条条面条似的长条。有一种用木头制作的饸饹床，架在大锅上用力一压，可以压出很多饸饹，做粉条（江南叫线粉或粉丝）也用的这个工具。这种圆形荞面条煮熟后，放肉汤或放芝麻

卖河捞（即饸饹）
（《清国京城市景风俗图》）

酱、醋拌着吃，都别有风味。

荞麦面在饭馆中一般是吃不到的，要吃荞麦面条，除去在家中吃而外，那时最方便的就是到天桥、鼓楼后市场或各城门脸饭摊子上吃。日本人很爱吃荞面条，据闻现在在日本吃碗荞面条价钱是很贵的。

荞麦面也能包饺子，如在荒年荒月，贫寒之家买不起白面，便用荞麦面包顿饺子吃，经过艰苦年代的人们，不少是有这个记忆的。不过有的老北京，出于对乡土风味的偏爱，有时也特地买来荞麦面包饺子，那当然不是为的省俭了。荞麦面包饺子最相宜用羊肉、红萝卜丝做馅，多放点葱花，那味道是很不错的，今天我还常常思念它呢。

扒　糕

说起荞麦面食品，除去做面条、压饸饹而外，还可以做两种有特殊风味的食品：扒糕和灌肠。这是两种地道的北京民间小吃，说糕不是糕，称肠不是肠，究竟是什么，且听我慢慢道来。

烧一锅开水，最好是风箱柴火，不停地拉风箱，水噗噗地滚开着，把荞麦面一边洒入水中，一边不停地搅动，就像打浆糊一样，等到搅稠之后，便须很快撤火，不然就焦了。在锅中冷却一会儿，趁热一团团地拿起，按成碗口大小的厚饼，颜色是藕荷色，一个个放在容器中，待完全冷却，就可以切成薄片吃了。

一种是冷食法，同用淀粉制成的凉粉一起在夏天卖。吃时，小贩从瓷盆中取一块饼，用小刀切成片放在碗中，撩一点盐水、醋，加一勺调稀的芝麻酱，滴两滴辣油，再加一点腌红萝卜丝，用筷子拌一拌就可以吃了。味道咸咸的，酸酸的，有点像江南水磨年糕片一样，吃起来很滑，很韧，有荞麦香，这就叫扒糕，昔年在北京做过中小学生的人，大概都吃过吧？

把这样的东西切成薄片，放在平底锅上用熟猪油半炸半煎，煎成焦黄色盛入盘中，淋上一点盐水蒜汁，吃起来别有风味，这就叫灌肠。其实并不是肠子，只

老北京合义斋

不过有时加一点色料，做成粉红色的。记得后门外桥头上有一家铺子叫合义斋，专门卖灌肠而出名，对门还有一家铺子是以"大葫芦"为商标出名的。这是老北京爱吃的一种小吃，同爆肚等类的食品一样，既非菜，又非点心，只能说是一种很好吃的闲食罢了。

扒糕与灌肠，在近人雪印轩主的《燕都小食品杂咏》中都有诗和注，其注"扒糕"条云："热天的扒糕，用荞麦面蒸成饼式，浸凉水中，食者以刀割成小条，拌醋、

燕山面赋　159

蒜、酱油等而食之。"

其注"煎灌肠"条云："以染红色之荞麦粉灌入猪肠内，煮熟后，刀切成块，猪油煎之，使焦，蘸盐水烂蒜而食之。"

大概这位雪印轩主不大欣赏这两样纯北京味的食品，诗中说的很不好，什么色恶、蜡味，等等，所以他的诗就不引了。

灌肠在西长安街另有名店叫聚仙居，有人记以诗云：

老饕习气总难除，食品精研乐有余。
油炸灌肠滋味美，长安街畔聚仙居。

又咏扒糕云：

荞麦搓团样式奇，冷食热食各相宜。
北平特产人称羡，醋蒜还加萝卜丝。

这位是北京人，对扒糕、灌肠就大加赞赏了。

荞麦不同莜麦，它的种类很多，还有甜荞、花荞、苦荞之分。苦荞磨成面，做成凉粉是豆绿色，味道比甜荞还重，略带苦味，是凉性的东西，吃了很能解内热，近似绿豆的作用。

荞麦春天开小白花，产量低，但成熟期短，北方春夏之间逢天旱，地里出不了苗时，就改种荞麦，即使种的很晚，秋天也能有所收获，所以是救荒的好东西。荞麦皮是装枕头芯子的好材料，弹性极好，几十年不碎。我有一个荞麦皮枕芯，几十年了，跟着我南北播迁，我天天枕着它做思乡梦，真是一往情深啊！

▶ 荞麦
《本草品汇精要》

麥蕎

黄粱玉米话家常

小　米

　　早在清代，老北京的每日三餐，就有粗粮、细粮之分。细粮是指京米、白面。所谓京米，在清代是从南方漕运到京的江南白米。庚子前后，洋米、机制面粉入侵，又有了西贡米、仰光米……及洋面的叫法。粗粮则是指小米、玉米面、小米面，甚至荞面、豆面，等等。记得老年人常常教育子弟说："人要吃五谷杂粮，身子骨才会结实，怎么能净吃京米、白面哪？"这话是有道理的。吃五谷杂粮，可以吸收不同成分的营养，较之专吃某种单一的粮食要好得多。

粗粮虽有个"粗"字，如烹饪得法，还是很好吃的。北京人就很爱吃小米。那里也出产好小米，北京近郊出的叫伏地小米，外路来的叫口小米。"口"是指张家口，虽然小米不都是张家口出产，但北路小米大多来自宣化、涿鹿、保安、土木堡这些长城边上的地方，所以泛称曰口小米。

口小米和伏地小米有很大的差别。外形上的差别是，伏地小米颜色金黄耀眼，颗粒小而整齐，看上去像金砂一样喜人。口小米就不同了，颗粒大不整齐，颜色发白，是一种淡黄色。在吃口上，伏地小米有油性，吃起来极为香甜；口小米油性差，吃起来干燥得多。

小米的吃法有三：一是熬粥，二是煮饭。煮小米饭不是连汤一起煮，而是开锅之后，用笊篱把饭捞出来，再上蒸笼蒸。三是磨成小米面，蒸丝糕。这三种吃法，各有各的滋味，但以煮粥吃为最佳。

小米粥不仅好吃，而且营养价值很高。尤其是伏

地小米熬的粥，看上去金黄，喝起来喷香，汤汁很浓，如果盛出一碗凉上一会儿，上面会结出一层皮，像豆腐皮和奶皮一样。老北京认为，小米粥是滋补的食品。江南妇女生小孩要吃鸡汤，而老北京妇女生小孩，坐月子不吃荤，主要靠吃小米粥，足足要吃一个月。不但产妇营养充足，且胃口旺盛，奶水充足，所以当年北京的产妇，绝对少不了小米、鸡蛋、红糖三样东西。

喝小米粥最好就各种酱菜，如天源号或六必居、铁门等处的酱八宝菜、酱杏仁、核桃仁，滴上一些小磨香油，就着喝小米粥最为相宜。还有夏天闹肠胃病、泻肚，最好喝小米米汤。把小米米汤熬得稠稠的，热乎乎地喝上两碗，那真是比吃药还见功效。

江南鱼米之乡，不吃小米，自然也没有人种谷子。我在上海，有一次北京家中寄了点小米来，邻居们笑我，说那是喂鸟的。但在北京长期生活过的人，离开北京，却常常想起小米粥，总要设法弄点小米来吃。梅兰芳在《舞台生活四十年》中曾说，他离开北京多少年之后，回北京在大外廊营亲戚家吃饭，招待他的就是包饺子、小米粥、卤煮小鸡，等等。请梅大王吃饭，也要吃小米粥，可见小米粥在北京人眼中之可贵了。

丝　糕

丝糕是什么？怎么做的？好吃不好吃？不要说远方的人、海外的人不知道，就是有一些离开北京不太远的北方人也不见得都知道这个名称，当然也说不上它是什么东西了。记得抗战期间，北京沦陷，薪水阶层拖家带口的吃不起京米、白面，于是不少人家便拿丝糕当作每日的主食，外省人听到，还以为是一种精致的点心，怎么会拿点心当饭吃呢？等到与北京人见面一谈，大家在感叹歉歔之余，不由地哈哈大笑了。

丝糕并不是什么高级点心，而是一种比馒头还便宜但却好吃的普罗食品。简单说，丝糕是用小米面蒸的。小米面的价值如何？这里不妨引一点资料。仲芳氏《庚子记事》中记当时的粮价道："白面每斤大钱五百六十文，小米面每斤三百，玉米面每斤二百。"

从一九〇〇年的物价记录中可以明显地看到小米面是比白面便宜，但又比玉米面贵的一种粮食。小米面的吃法，主要是蒸丝糕吃。

小米面是用小米加黄豆磨成的粉，比小麦磨的白面粗一些，但比玉米面要细。其吃法只能蒸了吃，不能像面粉一样做面条吃，因为它有些黏性，若在开水里煮，就会变成为一锅糊。山东人摊煎饼用的就是小米面，但北京人很少吃煎饼，一般人家烧煤球炉子，也没有摊煎饼的设备，也就只能蒸了吃。

蒸丝糕很方便，把小米面放在盆中加适量的水和适量的鲜酵母调成很稠的糊状，在蒸笼里铺上蒸笼布，把调好的小米面摊在笼布上，上锅大火一蒸，有二十分钟就熟了。揭开蒸笼一看，热腾腾、黄澄澄的一大块，很像广东馆子蒸的马拉糕，也像北京老式点心铺蒸的鸡蛋黄糕，但这却是小米面蒸的丝糕。北京食品中叫糕的太多了，除常说的炸糕、切糕、槽子糕等而外，还有甑儿糕、豆渣儿糕、芸豆糕等不少为外地人所不懂的名称，但那些毕竟都是点

▶ 卖甑糕
（《清国京城市景风俗图》）

心，只有这个是饭食，是一种普罗化的北京家常饭食。

将一大块丝糕翻出蒸笼，用刀切成小块，趁热吃，既软又松，略带甜味，就一点辣咸菜，再加上一碗白菜汤，吃起来也很香甜果腹。有的人家吃东西讲究，和面时加上一些红糖，蒸时再在上面洒一些核桃仁，那样蒸熟的就不是一般的饭食，而真正成了一种高级点心了。

不知读者中有吃过丝糕的吗？如果在远方思念起来，那是别有一番滋味的。

鲜玉米

每当夏秋之际，我常常想起北京那嫩嫩的、黄澄澄的、外面包着一层层淡湖色衣裳连着缨络的老玉米……

老玉米各地叫法不一样，正式学名叫玉蜀黍，江南各地叫珍珠米、包谷、六谷。上海管玉米面叫包米粉、六谷粉。东北各地叫棒子、苞米，又叫老玉米棒子。有的地方叫玉高粱、玉菱、玉麦，不知其他还有什么叫法。北京则叫玉米，有时加"老"字叫老玉米。磨成面叫玉米面，或叫棒子面，名目繁多，其实则一。倒不是因为我乡土观念重，有所偏爱，我总觉得玉米的名称，最为形象，也最为喜人。

《牵牛玉米图》
齐白石绘

我曾经多少次见过琉璃厂古玩铺摆着的，用玉料雕成的玉米，还有用象牙雕刻的玉米，每个上面总要站一个蝈蝈。摆在紫檀托架上，上面还有个玻璃罩子。北京古玩铺行话管这些都叫作摆件，用现在的话说，都是极美的工艺品。玉雕玉米蝈蝈或牙雕玉米蝈蝈，名称都很好听。如果说"玉雕棒子蝈蝈"，这该有多么难听呢！可见语言之美，最足以显示文明和教养。比如日常语言中，我最怕听那个"搞"字，搞是胡搞、乱搞，做正经事，怎么能叫搞呢？为了语言美，虽然同是一种东西，而我则情愿投"玉米"一票，反对叫"棒子"。

我思念玉米，一方面是犯馋，一方面是思念那生活的情调。在北京，玉米虽然属于粗粮，但鲜玉米却是普遍受人喜爱的。

最早的鲜玉米，旧历五月间就上市了，叫五月鲜，其后六月、七月陆续在街上叫卖。虽然是鲜货，北京人照样叫"老"，小孩吃玉米，叫作啃老玉米，也十分形象。因为样子像啃骨头，要张大嘴，用牙啃下玉米粒来。卖玉米的小贩，实际都是四郊的农民，趁伏中空闲，在地里摘点鲜玉米进城叫卖。说是"鲜"，但也不宜太嫩，太嫩的玉米粒中没有灌浆，只是一泡水，煮熟后是瘪的，要老到一定程度才中吃，所以叫老玉米。当然也不能太老，太老了，整根地煮熟，黄澄澄的很好看，但却啃不动了。

煮玉米要带着外面的衣和花须一起煮，煮熟后再剥了吃，有一股清香，吃起来更为甜美。有人为了省火，剥光了再煮，吃起来总没有带衣煮的味道足。

思念中的北京的鲜玉米，香、嫩、甘，但这也还是童年的梦。随着光阴的流逝，慢慢地啃鲜玉米的牙口也就两样了，齿豁头童，啃起来不大得劲，似乎那鲜嫩的清香味儿也两样了。

窝窝头

煮鲜玉米，是不少人都爱吃的东西，但那也同嗑瓜子一样，是当新鲜物吃着玩的，一般不是拿它当饭吃。按照老北京的说法，在粮食类里玉米算粗粮，不能比京米、白面。过去，年纪大的人常常叹息道："唉，啃窝头的命！"这代表当年苦恼人的自况。但平心而论，玉米制的食品也很好吃，但要做得好，当然也要有很好的食欲，所谓"饥饭甜如蜜，饱饭蜜不甜"。肚子饿时，现出笼的"黄金塔"窝窝头，也是最好的美味呀！

大洋彼岸的山姆大叔也是吃玉米的，冰激淋粉就少不了玉米淀粉，当然那是取其精华。但我以为，那也不一定是最好的吃法。北京拿玉米当粮食吃，先是磨成面，然后用来蒸窝头、贴饼子、煮嘎嘎吃。这三种吃法，是昔日北京寒素之家赖以养生的家常便饭。

粮食是越新越好吃。玉米也是如此，新玉米磨的玉米面，蒸出的窝窝头可说是金黄照眼，甜香扑鼻，吃在嘴里又沙又甜。据说庚子年，西太后那拉氏狼狈逃难，走在昌平县饿极了，吃了老百姓给她的蒸窝头，觉得比御膳房的珍馐美味，不知要香甜多少倍，后来回到宫中，还想窝头吃，于是太监才想出栗子面窝窝头的主意，蒸出指头大小的小窝头。直到今天，北海仿膳还卖这味名点，但那同真的玉米面窝头，完全是两回事了。不过老实说，这种栗子面的窝窝头，似乎过分矫揉造作，已失去真味，一点也不好吃。它的出名，只是因为西太后吃过，所以人们都想吃吃，也可看出社会上耳食之徒者，真正知味的并不多。新玉米磨成面，现蒸出的窝头，热腾腾的本是田家风味的美食，何必一定要栗子面，又要做成窝头呢？世界上难以理解的事未免太多了。

贴饼子是玉米面另一种很好的吃法，把玉米面和得很稀，用敞口铁锅，锅底熬少半锅粥，或烧半锅菜汤，用手抓一把湿面，往锅边一贴，贴满一圈，盖上锅盖，一加火，一锅熟。贴饼子一面焦黄，一面蜡黄，又香又解饿。天津人也最爱吃这个，俗话道："天津卫嘛——贴饼子熬鱼，"是普通的家常便饭。说相声的常说一个笑话谜语，谜面是"撇叽（象声）"，谜底就是贴饼子。

煮嘎嘎是把玉米面和得很硬，切成指头大小的四方块，煮了吃，最好是加点青菜叶子一起煮，熟了加上油盐调料，汤很浓，像西餐的浓汤一样。一粒粒的嘎嘎，用筷子捞起来吃，滑溜溜、韧笃笃，十分有味。

此外，把新玉米碾成碎糁，煮成粥，又香又甘，不论加糖甜吃，或就辣油咸芥菜咸吃，都是很好的风味。尤其在冬天，一碗下肚，便遍体生津，真是太美了。在所有的玉米制食品中，我最爱吃这一品——玉米糁粥。广东馆子，用鸡汤煮玉米糁，像西餐的浓汤一样，叫粟米汤，是极好吃的，不过那就更高级了。

饽饽之歌

饽　饽

　　"饽饽"这个词语，是地地道道北京的土语，恐怕直到现在，北京的老年人还是这样叫吧？北京旧时点心铺，有的就叫饽饽铺，门前房檐下挂着四块长木牌，红漆金字做幌子，有一块上一定写着"大小八件，满汉饽饽"八个字。这也好像饭馆子写满汉全席一样。饽饽实际就是点心、糕点的同义词。人们把好吃的糕点叫作香饽饽，方言中意思又有转折，如嘲笑"红人"，大家都找的大忙人，就叫"香饽饽"，这在《红楼梦》里用得极为传神。这里且不多说，我只提个醒儿，留待读者自去翻阅吧。

按，饽饽也可写作"波波"，或作"磨磨""馍馍"，实皆"饆饠"一词的一音之转，意思都是一样的。杨升庵《升庵外集》中，就明确注明："饆饠今北人呼为波波。"在北京方言中，它最少有三四种涵义。一是如满汉饽饽所说的，泛指一切糕点饼饵。二是卖硬面饽饽的小贩卖的，的确是以饽

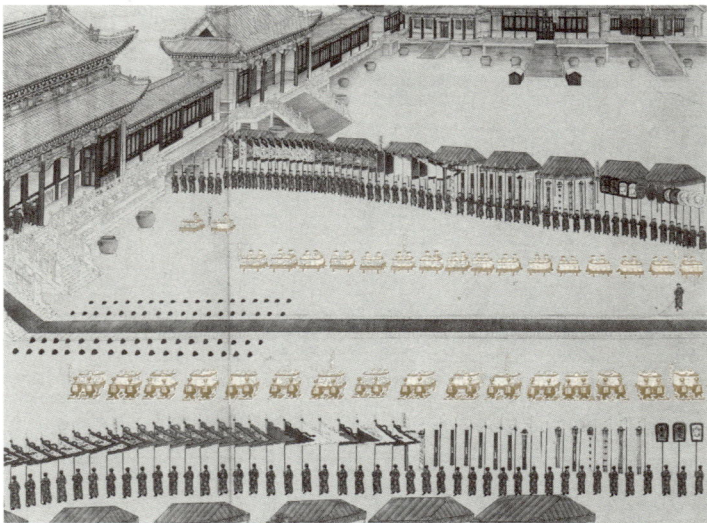

▼《光绪大婚图》中筵席上的饽饽桌

饽命名的面饼等，如硬面饽饽、发面饽饽、杠子饽饽、笸子饽饽（即镯子饽饽，一个面做的圆圈）、片儿饽饽，等等。三是"饽饽桌"的饽饽。四是把水饺也叫作煮饽饽。按《正字通》的解释，"饽饠用面为之，中有馅"，因而就词的内涵说，是有不少东西都可叫作饽饽的。

以上四种，第一种最容易理解，第二种将另文说明，这里先说说第三种。这是一种有关满族风俗的特殊东西，在几十年前旗人家庭中还常常遇到，因之要稍微细说一下。《京都竹枝词》有诗道：

满洲糕点样原繁，踵事增华不可言。
惟有桌张遗旧制，几同告朔饩羊存。

这种诗可能有的读者看不懂，这"桌张"就是饽饽桌。这是一种很古老的风俗，清代同、光时乔松年《萝藦亭札记》云："满洲筵宴，以饼饵为尚。按楼攻媿《北征行纪》谓辽宴使臣，茶食以大楪陈四十碟，此似今之饽饽桌矣。"

这也就是办红白喜事宴客以及过年摆的饼供。宴客不设菜肴，只摆点心果品，即饽饽桌。《红楼梦》中"寿怡红群芳开夜宴"所说摆四十碟果子，似即饽饽桌。至于过年时，一般家庭由饽饽铺买来敬神的饼供，那是很蹩脚的。一大叠面饼，堆起来一只比一只小，像座小塔，或二盘，或四盘，或六盘，摆在高桌上敬神行礼，这就叫作饽饽桌，过寿叫寿意饽饽，丧事叫层台饽饽，等等。饽饽的外形看着像"自来红"月饼，却不能吃，都是半生不熟的。

第四是老北京把煮饺子叫作煮饽饽，这是非常亲切的。外祖母对小外孙说："好孩子，乖啊——姥姥给你煮饽饽吃！"结婚时，新郎和新妇要吃子孙饽饽、长寿面，取子孙万代、长生不老之意。

卖满汉饽饽的饽饽铺，大部分都开在鼓楼前、后门大街和东四一带，铺子里自己不做点心饽饽，门市所卖均是作坊送来的。这种作坊叫"红炉会子行"，恐怕也是北京老式饽饽铺中买不到好点心的一个原因吧。早在三十年代，启明老人就写文章叹息当时北京没有好茶食、好点心了。

硬面饽饽

身无灵骨，不配做诗人，但小时候不知天高地厚，居然也写过诗，还写过白话诗。记得做中学生时写了一首诗，题名《老人的歌》。前面一节写道："一首老人的歌，把冰凉的夜幕穿破，缓缓地来到我枕边，像母亲的手抚摸我进入梦乡。"我这里没把它分行写，权当作散文看吧。这诗中说的，正是北京旧时胡同中深夜卖硬面饽饽的市声。

"硬面——饽饽！"

其声音把"面"字拖的特别长，在韵尾部分有"儿"的余音，"饽饽'又声音急促。叫卖硬面饽饽多在冬季深夜。在那极为宁静的深夜中，这种叫卖声随着夜风，能穿过几进庭院，听起来显得特别凄凉，有一种孤苦无告的感觉，凡听到过这种叫卖声的人，大概都很难忘记吧。我小时候听惯了这种声音，而每当听到时，我已送迷糊糊将进入梦乡。尽管我虽很少买硬面饽饽吃，却对它怀着深厚的感情。

硬面饽饽是什么东西呢？《燕都小食品杂咏》有诗道：

饽饽沿街运巧腔，余音嘹亮透灯窗。

居然硬面传清夜，惊破鸳鸯梦一双。

诗后有注云："硬面饽饽，即火烙饼饵之类，惟多于夜间售卖为可异耳。"这里"火烙饼饵之类"，说得还不够清楚。据《一岁货声》所载，这种饽饽有"子儿饽饽、双喜字加糖、硬面镯子、咸螺蛳转、油酥烧饼"，等等。这些东西都是用发酵的面粉干烙的，午后烙，晚上背个食盒提着灯笼叫卖，专门走很长的胡同。人们也许觉得奇怪，大家都睡觉了，这硬面饽饽还卖给谁呢？实际这是专门为有不良嗜好、深更半夜不睡觉的人准备的。生意本是十分可怜的。那种饽饽只是发面和糖干烙的，大小如一个烧饼，坚硬难咬，一点也不好吃。但老北京人却喜爱它。记得有位满族亲戚老太太，已是七十来岁的人了，已经咬不动硬面饽饽了，但却依旧爱吃它。把硬面饽饽掰成小块，放在口中慢慢咀嚼，似乎滋味无穷。不过在我的记忆中，总觉得硬面饽饽远远没有芝麻酱烧饼或马蹄烧饼好吃。枝巢子《旧京秋词》云：

可怜三十六饽饽，露重风凄唤奈何？
何处推窗呼买取，夜长料得女红多。

枝巢老人是以忠厚的心吟唱的，诗后并注解说："夜闻卖硬面饽饽声，最凄惋。"老人并引《顺天府志》，说是卖给寒夜刀尺，深更做寒衣的妇女吃的。道光时余煌《京师新乐府》有《卖饽饽》诗，写道："卖饽饽，携柳筐，老翁履敝衣无裳，风酸雪虐冻难耐，穷巷跼立如蚕僵。卖饽饽，深夜唤，二更人家灯火灿……"把卖硬面饽饽老人的形象写得十分感人。实在那深夜的叫卖声太凄凉了。

"硬面——饽饽……"

这抑扬而有点凄凉的声音似乎又在我耳畔回响了。

河鲜庆有鱼

黄花鱼

> 东篱采菊未须夸，欲遣春情向酒家。
>
> 何事桃红柳绿日，嘉鱼偏自号黄花？

这是我若干年前写的一组《京华竹枝词》中的一首，说的是黄花鱼，即上海人说的小黄鱼，文人称作石首鱼。江南叫大黄鱼、小黄鱼，是因它的颜色泛金黄，而北京在黄字下面加个"花"字，就有点莫名其妙了。黄花，照例是菊花的代称，是序属三秋的东西。春天的鱼，似乎只宜称"桃花流水鳜鱼肥"，不称桃花而偏称黄花，未免有些颠倒岁序了。不过北京人习惯叫黄花鱼，还在"花"下拖"儿"的音，叫得那样甜，那样亲切，虽不能随便更改，但也可以解释作黄花菜的黄花。我的小诗中也就借此故意提出风趣的一问了。

黄花鱼在北京是春三月中季节性的食物，旧时老北京把吃黄花鱼当作一件大事，所谓"一尾千钱作豪举，家家弹铗餍烹鱼"是也。不但民间当作大事，皇家也当作大

▶ 黄鱼（又叫黄花鱼）
（《各样鱼图册》）

河鲜庆有鱼　183

事，每年春天第一批运到京师的黄花鱼，必先由崇文门户部税关监督照例"进御"，即送进宫中尝鲜，然后才能出卖。所以《燕京岁时记》云："初次到京时，由崇文门监督照例呈进，否则为私货，虽有挟带而来者，不敢卖也。"可见当年对于黄花鱼是多么重视了。

黄花鱼是海鲜，北京的黄花鱼主要产于天津渤海湾，一到春天鱼汛期时，大量黄花鱼上市。本来黄花鱼不是什么值钱的东西，但因过去交通不便，用运粮船运到北京，总也要两三天时间，新鲜程度多少要些影响，自然价钱也就贵了。徐珂《清稗类钞》记云：

> 黄花鱼亦名黄鱼，每岁三月初，自天津运至京师……当芦汉铁路未通时，至速须翌日可达，酒楼得之，居为奇货；居民饫之，视为奇鲜。虽江浙人士之在京师者，亦食而甘之。虽已馁而有恶臭，亦必诩于人而赞之曰："佳。"谓今日吃黄花鱼也。

这段记载结尾处写得十分滑稽，虽然已经变味了，但在人面前还夸耀，说"佳"！这一字写来很传神。当然，这也是因为在北京吃黄花鱼的时间短暂之故。记得几十年前，每年春天西单菜市上卖黄花鱼，也不过两三个星期吧，时间一过，连影子也没有了，要想吃，只好又待来年了。这也不免使人增加了岁时之感。因而即使鱼不甚新鲜，也还要买来吃点，那就表示这个春天没有白过。从这点来说，也正反映了人们的生活乐趣。

黄花鱼如在馆子里吃，自然做法很多，干炸、红烧、"松鼠"等都有。在家中吃，则一般没有那么好的手艺，最普通的吃法，是把鱼洗干净，起油锅略微煎一煎，然后再放葱、蒜、姜等去腥气的调料红烧。实际这种做法是由天津传来的，叫作熬鱼，名馆子中也有这种做法。有一个很动人的菜名，叫作"家常熬"的就是。多少年没有吃到这种家常风味了，可能是故乡情重的缘故吧。我总觉得，任何地方的黄鱼都没有北京的黄花鱼好吃。另据书中记载：小黄鱼和黄花鱼是两种鱼，大概是这样的。因为我在上海吃的小黄鱼就感到味道和旧时在北京吃的黄花鱼不一样。

瓦块鱼

人的记忆很奇怪，有时多少重要的事记不住，而偏偏没要紧的一件小事，并不要求记住的，相反却记得很牢，多少年不忘。比方说，我小时候有一次跟随父亲到厚德福吃"糖醋瓦块"，那么小的一件事，已过去那么多年，而今天却还历历如在目前，常常想到它。

这里所说的"瓦块"，实际就是鱼块，只不过是一种象形的叫法而已。因为把鱼从中段横刀切开，成为不足寸许长的横段，一段段有些弧形地拱起，样子很像瓦片，才有了这样的名称。烧法也并不复杂，只要把瓦片形的鱼块过油，然后再在大火上勾芡粉糖醋汁，把油炸过的鱼块在糖醋汁中一滚就可以出锅了。然而说说容易，做起来并没有那样简单，这也就是俗话说的，"看人挑担不吃力"了。做糖醋瓦块首先要选肉厚、肉嫩、肉鲜的河鱼，最好是青鱼、草鱼之类的鱼。

▶ 喷水鱼洗　月代　上海博物馆藏

▶ 螃蟹（《各样鱼图册》）

河南馆子讲究吃鲤鱼。第二是火候，鱼块过油时，火太微，炸不出黄脆不好；火太旺，炸得焦老也不好，难得要炸得外面咬起来焦香，里面的肉既嫩且软，这才是恰到好处。第三是勾汁勾得浓淡适宜，酸甜入味，颜色和透明度类同琥珀，那才够得上标准。当然这些都是我从名庖人那儿听来的，如果真要我做的话，那是另外一回事了。

厚德福这家馆子，那时在大栅栏中间路北。没有铺面，只是一个大黑门，挂着一个大铜牌子——"厚德福饭庄"。当时听大人说，那是一家河南馆子，很有名。记得进门有非常大的木桶，里面养着很大的活鱼，都是黑的，我贪婪地想多看一会儿，却被大人拉开。关于厚德福的知识，也是吃过这第一次的京华之鱼，若干年后才知道的。

河南开封讲究吃黄河鲤鱼，这还是宋朝汴梁樊楼的余韵。靖康而后，繁华云散，百姓流离，跟着"行在"往南逃的百姓，把汴梁做鱼的方法带到了杭州，这就是有名的宋五嫂流传下来的五柳鱼、西湖醋鱼。

被金人掳掠到燕山的庖人，又把河南做鱼的方法带到中都，再经历了元、明、清，数百年的国都，达官贵人，城市细民，征歌逐酒，讲究烹饪，北京能做出最好的鱼来，这就一点也不奇怪了。北京有不少水域，可以养鱼；也有知名酒家，可以烹鱼，这连江南鱼米之乡的人也自叹不如了。浙江严缁生《忆京都词》注便是明证："京都虽陆地，而多谙陶朱种鱼术，故鱼多肥美，不徒恃津门来也。酒肆烹鲜，先以生者视客，即掷毙之，以示不窃更。肆中善烹小鲜者，可得厚俸，谓之掌勺，故人争趋焉，南中无此妙手也。"

录之以作京华食有鱼的明证吧。

螃　蟹

古语说"八月秋高蟹正肥"。实际上，这话说得稍嫌笼统。因为地域不同，螃蟹肥壮的日期并不是一样的。如在江南，最有名的清水金毛蟹，是要经霜之后才真正肥壮，差不多已到农历十月下旬了。但是，如果说北京八月蟹肥，那却是正好。大观园里湘云姑娘请客大吃螃蟹，不正是在八月底吗？《京华百二竹枝词》注云："六七月间，满街卖蟹，新肥而价廉。八月渐稀，待到重阳，几几乎物色不得矣。"

这话说得虽然武断些，但基本上符合事实。这里面有两点极重要的原因，一是气候的关系，一是庄稼的关系。

北京的螃蟹，大部来自胜芳镇。胜芳镇靠近天津，水路东通海河，西通白

《群蟹图》
齐白石绘
齐白石美术馆齐白石艺术馆藏

洋淀，像苏州阳澄湖一样，是著名的水乡，也是著名的螃蟹产地。这里夏天很热，但秋风较之江南来得早，江南秋稼，要等九月重阳后，才陆续开镰；而京津等处，秋禾一般八月中就登场了。胜芳螃蟹是吃到高粱一类的粮食才肥壮，这一带地势低洼，六七月间连阴秋霖季节，大田中常常聚水，因而胜芳人习惯于在高粱地中，打着小灯笼，捕捉大肥螃蟹。待到重阳前后，大田庄稼早已全部登场，田野光秃秃的，不要说天气已寒，即使不寒，也无螃蟹的存身之所了。当然，也不能武断地说一个也没有。严缃生《忆京都词》说得较好，其词云：

忆京都，秋早快持螯，大嚼尖团随意足，开筵赏菊兴尤豪。不似此间同此物，尖者病虚团病实。

词后自注云："都中蟹出最早，往往夏日已有。故余诗有'持螯北地翻佳话，却对荷花背菊花'。然赏菊时亦有之，特不多耳。"

这就比较恰如其分地说明北京吃螃蟹的季节了。这位原籍浙江的太史公，特别钟情于北京的饮食，连螃蟹也夸赞北京的好，可见是真好了。

北京旧时吃螃蟹，除去买到家中吃而外，还有非常著名、专门吃蟹的馆子，即前门外肉市正阳楼。正阳楼螃蟹之出名，其故有二：一是他家与西河沿菜市中鱼虾行有约定，每天从天津运来的螃蟹，先给他家挑最大的另装几篓，然后再分给各菜市零卖，所以他家卖的螃蟹，又大又满，不管尖脐和团脐，要黄有黄，要膏有膏，都是极好的。再有他家发明出一套吃螃蟹的工具，如小木头锤子、竹签子、小钩子，敲敲打打，勾勾通通，即使牙齿不好的，或不会吃螃蟹的人，也能把蟹黄蟹肉吃得干干净净，因而大受吃客的欢迎，正阳楼的螃蟹便誉满京华矣。记载宫廷吃蟹的《酌中志》和描绘豪门吃蟹的《红楼梦》，都没有写到这些工具，这大概的确是他家的创造吧。

北京人还喜欢吃蟹黄馅的蒸食，前门外都一处、

东安市场五芳斋，一到螃蟹应市的季节，就开卖蟹黄烧卖。吃过的人大概都有个记忆，如果征求意见，恐怕会一致赞成这是世界上最好的烧卖了。可惜东安市场五芳斋，这个当年《语丝》杂志社也曾在这里宴客的小馆子，曾经进出过多少文坛大师，现在则无处寻觅了。

昔人诗云："黄鱼紫蟹不论钱。"实在旧时吃两个螃蟹原是很普通的事，可是近几年则完全不同矣。前年一位生长江南，又久住京华，后又长期在上海教书的著名老教授对我感叹道："已三年不知蟹味矣。"看来，对书生言，螃蟹亦慢慢只能成为历史的回忆矣。呜呼！

南北羊肉

　　街头闲逛，看附近一家熟食店又在卖羊糕和白切羊肉了。羊糕前两年就卖，白切羊肉似乎是今年新添的，卖二十二元一斤，如按涨幅二十倍，再折合五十年代初币制，约合万元出头一斤，和一九五三年在苏州金门外居住时，那家清真馆子卖的价钱差不多，只是隔着玻璃看，颜色似乎差些，也不知刀工如何？我没有买，因为怕那两个打工的乡下小青年，乱切一通，好肉也不好吃了。白切羊肉重在一个"切"字呀！

　　白切羊肉，如果切得飞薄，堆在盘中，撒些姜丝、花椒盐、麻油，蘸镇江醋，是很好吃的。北京人不讲究吃白切羊肉，但讲究吃羊头肉，羊头也是白煮的。

少年时住皇城根，冬天下午三四点钟，门口兢有位吆呼卖羊头肉的汉子，黑棉袄、毡帽头、围裙，三十来岁……孩子们围上来："给来五大枚的。"这位汉子，便放下背箱，翻开盖子，便是碱水冲刷得十分干净的案板，从箱中白布下面取出半个羊头，厈雪亮的刀尖一挑，剔下骨头，便是一大片带虔的羊脸，反着放在板上，用雪亮的刀刃，嗖、嗖、嗖……斜着飞快地片着，

▼ 卖羊肉
(《中国清代外销画》)

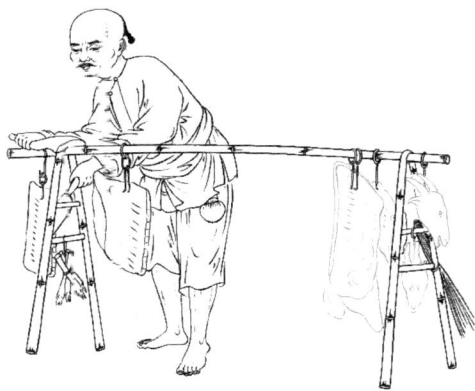

片刻之间，一堆飞落大片粉红色的白切羊头肉便片好了，抓起放一片纸上，用竹筒反转一洒花椒盐，捧起一边走，一边抓着吃，真是滋味隽永，终生难忘，不到里院，五大枚羊头肉便下肚了——这在东、西来顺大清真馆是吃不到的。北京还有月盛斋酱羊肉、门框胡同汤羊肉，也都是终生难忘的美味，天涯海角，思念起来，不减当年张翰的莼鲈之思，知者甚多，不多说了。

上周去苏州拙政园，园林博物馆长钱怡女士请吃便饭，一盘羊糕，十分可口。今年冬天第一次吃羊肉。第二天回到上海，外甥蔡观兴正送来两碗羊糕，放在冰箱中，可以大快朵颐了，江南人家冬天是很讲究吃羊糕的，也可写作"膏"。买了带皮羊肉，焯过水，加花椒、大料、桂皮等香料，入一小布袋中，以便及时捞出，加胡萝卜（熟后捞出）、盐、料酒等，入锅烧个稀烂，去骨，收汤，盛入一瓦钵中，自然现在可盛入搪瓷平底锅中，压紧，冷却，翻出一大坨，讲究些，切成骨牌片上盆，洒些姜丝，淋些麻油或辣油，蘸点醋吃，下酒裹饭，都是美味佳肴，不过说说容易，做起来吃，也并不那么方便，有时味道好些，有时就差些。羊肉好坏也大有关系。火候调料也都有关系。有时买来的不如家中做的好吃。也有时家中做的不如买来的好吃。能不能去尽膻气是关键。

记忆中最好的羊糕是在常熟吃的，年年冬天吃羊糕，而能在记忆中留下最好的，说来也真不容易，也很偶然。在一家忘记了名字的饭店吃酒席，一圈冷盘，放在面前的是一小盆粉红色、上盖鲜黄嫩姜丝的冷肉，盘子边上还抹有一小堆甜酱，时间尚在初秋，我没有意识到是羊糕，随手夹一块沾点酱，放在口中——嘿，真是味道好极啦！不是转台，座上大都是熟人，我便老实不客气，一块块地吃起来，吃到第三四块才嚼出滋味，知道这是羊糕，为什么做得这么好吃？吃完匆匆上车而去，连做法也未及问一声，真是太遗憾了。

中国吃羊肉的历史大概比猪肉要早，"美"呀、"鲜"呀、"羹"呀……这些字眼，在字形上都与羊有关，"羊"字又是古代"祥"字。不过江南吃羊肉，总不如北方普遍，旧时北京街上到处有"羊肉床子"（羊肉铺）、"猪肉桄"（猪肉铺），上海则只有卖猪肉的，没有专卖羊肉的铺子，菜场回民菜摊，经常供应的是牛肉，也不卖鲜羊肉。像我山间故乡"六月六，鲜羊肉"的说法，以及六七月间吃羊肉西葫芦烫面饺的风俗，北京也很普遍，江南是没有听说过的。一家中习惯也不同，像我外甥蔡观兴，从小在我家中长大，就爱吃羊肉，我也爱吃羊肉，而我亡妻蔡时言生前却从来不吃羊肉，也不吃牛肉，却能烧一手极好的酱牛肉，思之岂不怪乎？

甲鱼史话

▶ 鳖
《毛诗品物图考》

溥仪的《我的前半生》出版已三十年了，近始读《郑孝胥日记》，亦多有可噱者，如一九三四年五月二十四日记云："日皇侍从武官桑折英三郎大佐来访，言日皇赐宴时，羹乃鳖臛，或言华人忌鳖者，膳人几获罪。余告以《诗》云：'炮鳖烩鲤。'是鳖与鲤并重，绝无忌鳖之说。桑折将以归奏……"

这则日记就颇嗦，值得稍作解释。这年三月郑孝胥以伪满总理大臣身份访问日本，廿二日大连乘乌拉路丸，廿五日至神户，又换车廿六日到东京，廿七日进宫见昭和天皇，该日记云："九时，入宫谒日皇及皇后，午刻，赐宴于丰明殿……"大概就是这次宴会上有甲鱼汤，即所谓鳖臛。按"臛"字见《楚辞·招魂》，王逸注云："有菜曰羹，无菜曰臛。"洪兴祖补注更简单，只说是"肉羹"，不管是鱼肉、鸡肉、猪羊肉，做羹都可叫"臛"。鳖俗名王八，江南一般叫甲鱼、脚鱼或叫团鱼。《水浒传》鲁智深醉打山门，老和尚说"善哉、善哉……"鲁却咆哮道："什么鳝哉、鳝哉，团鱼咱也吃的……"施耐庵此处描写鲁智深，真是神来之笔。龟鳖的种类近似，动物学上列为龟鳖类，日本人怎么会说"华人忌食鳖"呢？这恐怕还是从三点怀疑的，第一就是薛蟠的名诗："女儿悲，嫁了个男人是乌龟。"中国民间最晚在元代已把"女人有外遇，男人做乌龟"的俗语流传开了。这在陶宗仪《辍耕录》上已有记载，在此不必赘引。第二则是更为形象的，就是以甲鱼的头比作男人勃起的生殖器。所以《水浒》

▶《蓼龟图》
（宋）佚名绘
故宫博物院藏

及《金瓶梅》中西门庆听王婆子说了"潘驴邓小闲"的五字秘诀后，就介绍自己说："……第二件，我小时在三街两巷游串，也曾养得好大龟。"便是指此。第三是骂人的话，都与它有联系：山西骂"鳖子"，北京骂"王八蛋""王八羔子"，四川人骂"龟儿子"，上海、苏州人骂"死乌龟""小乌龟""缩头乌龟"，等等，内容都是一样的，只是叫法不同，而上海、苏州骂的都比山西、北京、四川人骂的高一辈，或者说长一辈。因前者指所骂就是"乌龟"，而后者则指它们的第二代，这方言和风俗的差异也是很有趣的。

但骂归骂，吃归吃。鳖、甲鱼、团鱼、王八……大小虽有不同，却是一种东西，吃是很好吃的。所以骂归骂、吃归吃，历来是互不干扰的。甲鱼在有水的沼泽地带很普通，一般斤把重，大的二斤多重，三斤以上的可能也有，但未见过。背腹皆披甲，背灰绿色暗，腹白色或淡红，甲外附硬皮，边沿特厚，俗称"裙边"。是吃鳖时最美的部分。宋人江休复《江邻几杂志》记道："客有投缙云山寺中宿者，僧为具馔羞，鳖甚美，但讶其无裙耳。"缙云山在浙江的丽水北缙云县境内，宋代庙里和尚就烧甲鱼待客，而且把"裙边"去掉，可能另烧其他的菜，或者专烧裙边待贵客，总之，不论怎么说，即早在宋代就讲究吃鳖，讲究吃裙边了。

　　现在甲鱼红烧、清蒸、砂锅炖都很好吃。清朱彝尊《食宪鸿秘》说："脚鱼同肉汤者，加肥鸡块同煮更妙。"本来是很普通的东西，加肉、加鸡块同煮，那就更是一锅烂的家常菜了。所以甲鱼虽然是美味，而旧时馆子里少有，酒席上并不常见。高级酒席名菜五柳鱼、松鼠鱼、两做鱼、抓炒鱼以及清蒸红烧、瓦块溜炸、砂锅等，均以桂鱼、草青、鲢鱼、大黄鱼等为主，鳝鱼也较普通，季节性的名鱼是鲥鱼、银鱼，地域性的是黄河鲤鱼，而高级宴席是很少上甲鱼的，不过这只是说过去，今天蝎子都上宴席。日本御宴上以鳖羹待客，这自是日本的烹饪习惯，自然也十分精美。本来吃过就算了，而居然有人提出疑义，还又派大佐衔武官（等于中国大校）来问郑孝胥，可见其认真了。郑真不愧为宝竹坡门生，光绪壬午（八年，一八八二）福建乡试第一名解元，随口就引《诗经》"炮鳖烩鲤"一句，一下子把中国吃鳖的历史提到三千多年前，而且炮与烩并列，鳖与鲤并列，不但从古烹饪技术精良，而且鳖与跳龙门的鲤鱼并列，其身价之高，可想而知了。郑虽是汉奸总理，但在这点上，那些自认为中国通的日本人，却无法与这位海藏楼主相提并论了。

我年轻时在北京，解放前后，从来没有吃过甲鱼，菜市上也很少见到卖的。"文革"时期亲戚家一姑娘在安徽插队，每次回来探亲，总带不少回来，送到家中一两只，说是四角钱一斤，杀时很难，外甥会杀，让它咬住一根筷子，脖子伸长，快刀一斩，便可斩掉头一命呜呼，活鳖便成为死鳖了。这时我家才懂得吃甲鱼，但也很少买。过去春天四五月间，菜花黄时，附近小菜场偶然有人卖，买过几次。这时肉最肥、味最美，江南谓之"菜花甲鱼"，也不过六七毛钱一斤。正好十年前深秋，在美丽的黄山脚下，苏雪林女士故乡太平县太平湖拍《红楼梦》电视，剧组负责人回北京，买了六七只二斤多重的甲鱼回去送给各位领导，也不过一元一斤。黄山当地人，还说贵了，都让上海人买贵了，因为原来只卖七角一斤，黄山到上海长途汽车一通，一下子涨到一元一斤了。

旧事不谈了，上周外甥在他家里自己下厨请客，去菜市买了一个一斤七两的甲鱼，问问多少钱，说是二百七十元，据说还很便宜，因为鱼贩子要卖二百六七一斤呢，十年中涨了多少倍，不必去计算了……

小葱拌豆腐

久住江南，乡情弥笃，常常想起一些脆生生的北京话，尤其是谚语。比如："小葱拌豆腐，一青二白！"这句歇后语多妙！翠绿的小葱，雪白的豆腐，加点咸盐，滴两滴小磨香油，筷子一拌，自成佳肴。不只风味隽永，而且颜色宜人，看上去多么清楚呢？

还有，香椿芽拌豆腐，菠菜拌绿豆芽，芝麻酱拌小水萝卜，白的白，绿的绿，红的红，黄的黄，次第登盘，清香爽口，这真是艺术的生活，生活的艺术啊！

在这些时令小菜中，我喜欢吃的是芝麻酱拌小水萝卜。北京的小水萝卜刚刚上市，其漂亮可以说是无法形容，真可以说是谁看见谁爱。小萝卜只有大拇指那样大，带着约十厘米长的绿缨，五个一把，用一把草篾扎好，在菜车子上，在油盐店的菜床子上，整齐地摆着，用水淋得嫩红娇绿，远看似乎要滴出水来。买几把回去，把缨子切下来弃掉（老实说，丢掉真可惜），把那小小的萝卜轻轻用刀背一拍（千万不要切，一切就不好吃了），半碎之后，加少量盐一腌，把渗出盐水倒掉，淋上调好的芝麻酱一拌，那味道真可以说是绝了。另外也可以用糖醋拌，但近似江南吃，远不如芝麻酱所拌之滋味隽永，直可入"山家清供"也。我几十年没有吃北京的芝麻酱拌小水萝卜了，怎么能不怀念它呢？

四十四年前，我在北京西城读书，当时已是沦陷后好几年了，人们的心情越来越郁闷，生活越来越艰难，东拼西凑弄两个学费读几天书也实在不容易。班上除去极少数几个家长做汉奸或做发国难财的奸商的同学而外，师生一律穷。不只穷，还常常有危险，教师随时有被捉走的可能。一天，一位地理老师被秘密逮捕了，地理课一时无人上，便由和平门外师大请了一位代课的先生。据说是教授，因物价飞涨，生活困难，不得不四处兼点课，多收入几个钱。同学们听说新来的这位先生是教授，自然十分兴奋，听课很认真。这位老先生果然是名不虚传，的确有些学问，他每次来，什么也不带，只拿两支粉笔，便旁征博引讲起来了。不像别的老师那样一条一条抄笔记，他像说故事似的，一讲就是两堂课。听者十分出神，不觉已经下课了。有一次讲到农产品，谈到黄豆、大豆，又谈到豆腐。他借题发挥，大夸东三省的大豆多么好，中国的历史多么悠久，文化多么发达，小小的豆腐，不只制作这样精美，且已经有两千年的历史，据说是那位带着夫人、子女，牵着小狗，夫人还抱着老母鸡，一同升天的汉代淮南王刘安创造

▶ 淮南王刘安
《有象列仙全传》

的。黄须碧眼儿就没有这样的好祖先，不懂制作豆腐，本世纪初，李石曾先生在巴黎开豆腐坊，才把豆腐传到欧洲，自然也赚了不少金法郎。一边讲一边读豆腐诗，下课后我还特地请先生把这诗抄下来，他随手给我写到了簿子上：

> 传得淮南术最佳，皮肤褪尽见精华。
> 一轮磨上流琼液，百沸汤中滚雪花。
> 瓦罐浸来蟾有影，金刀剖破玉无瑕。
> 个中滋味谁知得，多在僧家与道家。

不过这个簿子后来丢了，诗我只记住前四句，常常吟诵前四句，遗憾后四句忘却了。有一次看明人李诩的《戒庵老人漫笔》忽然遇到了，真像见到极亲热的童年挚友般的喜悦，太高兴了。实际豆腐诗是很多的，后来常看闲书，记住不少。据传宋代朱熹不吃豆腐，而他也有一首很好的豆腐诗："种豆豆苗稀，力竭心已苦。早知淮南术，安坐获泉布。"诗有哲学味，又有点讽刺淮南王的意思，大概他真是一位不喜欢吃豆

腐的人了。

不吃豆腐的人是很少的。朱熹为什么不吃豆腐呢？这要由磨豆腐说起。把干黄豆浸在水中，泡上一天，豆粒饱吸水分，变大了，用勺舀着，往磨眼里倒，一边倒，一边磨，白汁流在磨盘上，流入桶中。全部磨光，把汁倒到锅中去烧，大开之后，把淋布蒙在木桶口上。把烧开的豆汁过滤，把一大包豆腐滓先云掉，把淋出的浆（这就是豆浆），再倒入锅中烧，滚开稍定后，滴入一点盐卤，或加入一点石膏，这是重要的分离剂，一会儿，一朵朵像白云般的豆腐脑就凝结起来，漂浮在淡黄色清浆中，把这些捞出来，倒在垫好淋布的模子中，稍待片刻，去掉模子，便是一方嫩豆腐了。豆的古名叫"菽"，豆腐的雅名叫"菽乳"。据说豆儿公

斤，水几公斤，做成豆腐，再秤往往超过
原重量。朱熹谓格其理不得解释，故不食。
这是理学家的观点，但我不是理学家，所
以我爱吃豆腐。

豆腐是最普通的菜，偏僻山乡荒村野
店都有，但它能入皇家盛宴。康熙时宋荦
任江苏巡抚，记康熙南巡迎銮时皇帝赏赐
云："宋荦是老臣，与众巡抚不同，着照将
军、总督一样颁赐……朕有日用豆腐一品，
与寻常不同，因巡抚是有年纪之人，可令
御厨太监传授与巡抚厨子，为后半世受。"

皇帝佬以豆腐秘方赏大臣，这是一

般老百姓难以想象的。想来这豆腐是非常好吃的。但是现在恐怕没有人能做了。七七事变前，我家住在皇城根，离西单商场后门近在咫尺。当年家中，既非大富，也非精穷，三天两头来个客人，便要添个菜，到商场后门富庆楼叫送个砂锅豆腐来，一会儿，小力把用网兜提着砂锅送来了。其味道之鲜美，是无法形容的。汤雪白，一点油星也没有，豆腐长方骨牌块，均作蜂窝形，上面有玉兰片、火腿各二三片，开洋四五枚，如此而已。真可以说是价廉物美，妙不可言，但后再也吃不到这样好的砂锅豆腐了。有时也在馆子里吃饭，看到菜牌子上也有砂锅豆腐。但叫来总不是那回事，只好一叹而已。家表兄贾林放语言隽永，常言道："那时砂锅里豆腐就是砂锅豆腐，现在豆腐放在砂锅里，就叫砂锅豆腐。"那时北京不时兴吃四川菜，所以什么麻婆豆腐、家常豆腐，等等，一般人还不知其名。最著名者是广和居江豆腐、同和居大豆腐。而我最念念不忘的是富庆楼的砂锅豆腐。直到今天我还在思念它，真可以说是"衷心藏之，何日忘之"了，唯一希望：在各处多吃到些精美而富有营养的豆腐佳肴。套两句晋人的诗，就是："何必鱼与肉，豆腐味自佳！"

小米粥和粥菜

　　古语说："余音绕梁，三日不绝。"这是声音所造成的影响，我想如果真正懂音乐的人，那影响所留下的恐怕远不止"三日"了。一切美声、美味、美景……所留给人的如只"三日"，岂不短乎？似乎应该是终生的才对，为什么这么说呢？因为我偶然想到几十年前小时候吃过的东西，迄今仍感到口角留香；只是我不懂音乐，小时候听过的戏，只记故事的架势，至于其音调的如何绕梁，则毫无印象了……不过也可见我从小就没有出息，不懂高雅的音乐，而只懂得吃，真是惭愧！

　　小时吃的东西，记住些什么呢？今天忽然想起一样，就是母亲生二弟时，她每天喝小米米汤、小米稀饭时所吃的小菜（不过"小菜"是南方泛称，此菜北国山乡怎样叫，记不清了，好像是叫"麻榼盐"吧）。这是什么呢？先说材料：甜杏仁炒黄去皮，核桃仁炒黄去皮，芝麻炒熟，菜油烧热加精盐冷却，把这些拌在一起，吃时盛一些放在小碟中，用筷子拣杏仁或核桃肉吃。喝一口小米米汤，或小米粥，就一枚杏仁，上面粘点熟油和芝麻，咸咪咪，十分焦香爽口，十分开胃。北方产妇，要这样吃满一个月，才能开荤吃鸡、吃肘子等大荤。同南方女人坐月子吃鸡汤、鲫鱼汤完全不一样。认为在月子里决不能吃荤菜，一吃产妇就要倒胃口，再吃不进东西……种种习惯，不知为什么？可能是传自几十代的先民，从经验中总结出来的规矩、习惯，总是一种风俗吧，不过这特殊的粥菜是很好吃的。

当时我只有七岁，一天陪她吃好几次小菜米汤、小米粥。粥只吃了半碗，而小菜碟的杏仁、核桃仁已被拣着吃光了。服侍产妇的老太太只好再添一碟来。现在想来，这种吃法，营养可能还不够，母亲生小孩又密，后来生完最小的弟弟之后，过了不久，就抗战发生，战乱开始，生活困难，她就病倒了，只一年多，就去世了。只活了三十三岁就匆匆结束了似乎幸福又似乎苦难的一生……真是蓼莪之思、伤感无限了。

"小米加步枪"，这是人们常说的口号。北国高寒，土地贫瘠，生产落后，许多地方不要说种稻，连宿麦也不能种，只能种粟，也叫谷子，玉米叫玉黍，写作"玉蜀棒子"，谷子碾出来就是小米，小圆粒黄色，烧饭没有黏性，也没有油性，小米饭吃起来实在不太好吃。但也有著名品种，山西省潞安府庆州小米十分出名，叫"庆州黄"，不过我只听说，没有吃过。而北京人却讲究吃近郊出产的新小米，叫"伏地小米"，粒很小，金黄金

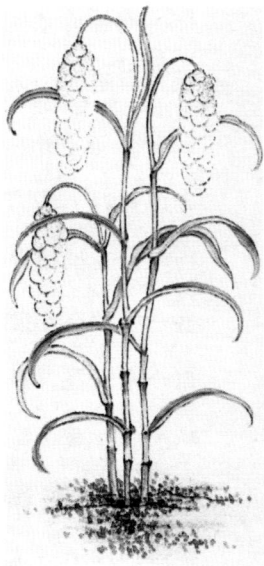

黄，几乎有些耀眼。小米烧饭不好吃，但要烧粥，却非常好吃。而且多加点水，烧的时间长一些，那米汤会烧得很浓很浓，有一种特别的香味，稍微一冷却，表面结一层很厚很厚的皮，单捞那皮吃，也很好吃。但没有人这样吃。大都是喝米汤，自然连表面的皮一起吃了。小米粥不比大米粥，米和汁会混在一起，不沉淀，小米粥如太薄时，米会沉在下面，如吃粥，就要用勺子搅匀盛了吃。总之，不管吃米汤、吃粥，新伏地小米粥，那真是别有风味的人间美味，是最好吃的，也是营养价值较高的。如佐以拌焦盐麻油杏仁、核桃仁，那当然更是食中神品了。现在罐装八宝粥，到处都是，却没有人制造罐装小米粥，真是遗憾，将来谁有志于开发这一产品——注意，这可是我先提出的，不要忘了我的专利权。

夏天如有饮食不卫生泻肚的毛病，喝热小米米汤两三天，胃里会感到十分舒服，腹泻自然会好了。

过去把奉承人，甚至奉承妇女甜言蜜语，均称"灌米汤"，所谓"爱戴高帽子，怕喝冷米汤"，当年是很流行的谚语，现在很少人说了，只是这米汤是大米米汤呢？还是小米米汤？旧时没有说明。不过我想是小米米汤，因这话是在北京流行的。因为北京讲究"伏地小米"，主要熬粥。江南人不吃小米，上海人说小米是喂鸡的，如此而已。

饺　子

　　近日接新加坡美食家李若莲学长的信，说道："新加坡饮食太丰富了，丰俭由人，三元吃鸡饭，福建炒面，酿豆腐……十二元五角买五十个冰冻饺子，大快朵颐。"又接名古屋大学杨亚平女士来信说："十月三四日，我在本大学组织中国学生义卖饺子，为中国贫困地区的儿童上学而捐款……"两位远方不同年龄的友人来信，都说到了饺子，其时正是上午十一时多一点，肚子有点饿，说到饺子，不免就有点馋了，心想，这时有碗白菜、菠菜，甚或青菜肉馅饺子端上来吃吃多好。但是要自己家里做的。出新村对面市场上有的是速冻饺子，但是我是不到万不得已，是从来不买、不

饺子要包馅，那馅的讲究大了。简单说猪肉、羊肉、白菜、韭菜，粗制滥造，斩斩碎，拌和拌和，包进去算了，这是饺子摊，冰冻饺子，为了卖钱赚利的做法。本越小越好，利越大越好。反正肚子饿的人有的是，不愁卖不出去。而自己家中做，就要考究些。先说肉吧，不管猪、羊肉，都要好肉，要斩得细，先拌肉，要多放些素油，最好麻油、盐、酱油、五香粉、料酒、姜末，或葱花等，拌均匀，成糊状，然后入菜，比例对半、四六均可，肉略少些，菜稍多些，全部肉做的馅子绝对不好吃，而且很庸俗。最好时鲜蔬菜，春韭秋菘，春天韭黄，秋冬黄芽菜，稍加冬笋，最可口。春天荠菜，滋味绝妙。江南青菜，大缺货。北京西葫芦，上海吃不到。其他冬瓜、南瓜、菠韭、扁豆、茄

▼ 新疆吐鲁番出土的唐代饺子

子、白萝卜、胡萝卜，北京人都能做饺子馅，上海人一般就不知这些馅子了。旧时北京过年吃素，用干菠菜、香菇、香干、冬笋、金勾小虾米斩碎、香油（江南叫麻油）拌了包素饺子，是别有风味的春明清供。三鲜馅，加海参、虾仁、对虾馅加肉和少许菠菜，蟹黄馅也加肉，少许冬笋或玉兰片钉。烹饪首先在调和五味，再好的东西，只是一种，也不好吃。广东、香港吃虾饺，包一个瓐虾，一点吃头也没有，我就不爱吃。

饺子第三道工序是包，一般圆皮子放进馅子捏在一起，是扁的，所以又叫"扁食"。山西人包饺子，把包好的扁饺子，放在两手虎口之间，用大拇指和二拇指捏紧两头的尖，手心中空，两边一挤，中间拱起成圆状，谓之"挤饺子"，较扁的好吃。我会这个技术。小时看校门口卖烫面饺的，把捏和挤连在一起，一挤一个，我看着十分羡慕，但是没有学会，迄今仍感遗憾。不然，弄个小车子，买副家伙，领个执照，鼓起余勇，现在叫发挥余热，卖烫面饺去，挂着教授牌子卖烫面饺，准保好生意，说不定三年两年，就可大发起来。孔夫子说："富若可求也，虽执鞭之士，要亦为之。"教授卖烫面饺有什么不好？可是不会连捏带挤，真遗憾！

旧时北京大饭馆从来没有卖饺子的，只有专卖饺子的饺子铺。现在有所谓"饺子宴"，只是好玩罢了。有一次看福建一位女诗人的文章（名字记不清了）谈到饺食，说南方富庶，家庭能做许多菜，北方贫寒，家中只能做饺子，便认为是最好的食品，这可能有些关系。但看明太监刘若愚《酌中志》，说宫中过年，也要吃"扁食"。大概形成一种风俗，是在元明之后了。不过饺子本身，还是很好吃。馄饨就代替不了它，虽然十分相似，却有质的差别，人的品味真奇怪。近见报载：张汉卿将军在夏威夷还念念不忘过年吃饺子，说什么"舒服不过倒着，好吃不过饺子"，这是古老的北方苦寒地区的谚语。不知报上刊载是真是假，如果是真的，那真也是可怜见的了！

荤素包子

民间食物谚语，很能看出一般老百姓的生活水平，如"包子有肉，不在折儿上"。又如"肉包子打狗，一去不回头"。说来说去，只是点肉，想想真可怜。现在看来，肉有什么稀奇呢？想想过去没有肉吃，肉凭票供应，一人一月只有百克的时候，那时候……哎呀，肉可真香呀！但今天，对庆可真不感兴趣了。但是上海到处卖包子，不论大包、小笼包、生煎馒头，以及其他有馅的食品，如锅贴、烧麦，等等，也都是以肉馅为主，至多有点菜的、豆沙的，也只是大包有，其他品种都是肉馅，为什么没人动脑筋做点其他馅的呢？如萝卜呀、葫芦呀、冬瓜呀、豆芽呀、豆腐皮呀、大白菜呀……能做馅的蔬菜多得很，可是没有人动脑筋卖各色菜包，多么遗憾呢？

一个师傅一个传授，继承固不易，创新更难些。长期的生活困难，大众化食品，天天有肉包子吃，对一般老百姓说，那已经是神仙般的日子了，哪里想到其他呢？什么《红楼梦》里面的豆腐皮包子、中山公园长美轩的火腿包子、来今雨轩霉干菜包子……这些一般包子铺里的掌柜的是想不到的，只有猪肉、羊肉。天津狗不理的包子也只是猪肉、大葱，简单的馅子。扬州三丁包子，也只是肉丁最多，过去冬笋丁、海参丁等也都不放了。为什么没有人动脑筋开发些好吃的、花样多一些的包子馅的什锦大包，来抗衡麦当劳的汉堡包、比萨饼呢？做不了大生意，

▼ 卖包子
（《清国京城市景风俗图》）

先做些小生意，上海的小商小贩如能变些花样，多做各式馅子的大包，肯定是发财的买卖。只是不要千篇一律，要多动动脑筋。

我有一个女助教叫黎平，去日本已经十四五年了。在上海时常和我说起，她就爱吃她奶奶蒸的菜包子。说起来真津津有味，引得我也有些犯馋。过去上海市面卖的菜包子，只有海龙镇、美心有香菇菜包，只是个儿小，馅儿也不多，自然没有家里老年主妇蒸的好吃。儿时我在北京，母亲常常用豌豆面加鸡蛋调糊，一调羹、一调羹地倒入油锅炸，捞出凉后斩碎，再斩爆淹雪里蕻斩碎加姜末星拌成馅包包子，特别好吃。当时老太太说一专门名称，可惜年代久远，忘了。再有在亲戚家一次吃四种馅子甜、咸包子，都是素的。有一种用象牙白萝卜擦丝加虾子、麻油拌的馅子，特别鲜。另一种雪里蕻、冬笋、豆腐干丝剁馅子的包子也极好吃。有一次在一个和尚庙吃现蒸的油豆腐、线粉、香菇、冬笋等各式素馅包子，其中以油豆腐、线粉为主拌馅的包子，也极为好吃，至今仍在记忆中。

可惜日常小贩，没有动这些脑筋的人，新村周围，每天早起有十几处卖生煎馒头、包子的，有铺子，也有摊子，都是简单的肉馅，或是一般的青菜馅，没有一家有点特色的。可见包个包子也不是容易的。庸人太多了，有点创造力的太少了，慧心巧手者在何处呢？

山西古籍出版社新出第三辑《民国笔记小说大观》，从六七十年前《国闻周报》上，把徐凌霄、徐一士的随笔全部抄录出版了，作为该《大观》的一种，足足五大本，一百多万字，在第三册中，有一篇题为《蒸包子》的故事，十分有趣。先引《归里清谭》云：

都中羊肉极肥嫩，樱桃斜街妓寮有妓曰富琴，善作羊肉包，中插葱一段，将登筵则拔去，不见葱而葱香自在，人号此妓曰"葱姑娘"，有叶员外昵之，纳为妾。予尝至叶家饮酒，饱啖一次，戏撰一联，以叶与葱作对云：才子一身轻似叶，佳人十指细于葱。赵殿撰为书之，送入内房。此联大蒙佳人赏鉴，过数日又馈羊心包一样，以饷老饕。

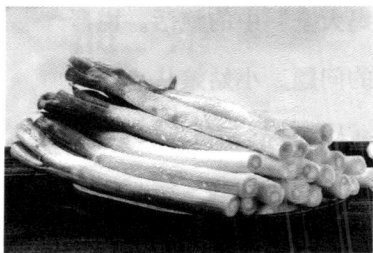
▶ 大葱

徐随笔中还注明赵殿撰是赵以炯，《清谭》作者是陈恒庆，是清末的事，都是山东人。山东人爱吃葱，有葱味而又不见葱丝，巧妙方法足见慧心。但这也不是她个人的创造，凌霄、一士昆仲自是掌故大家，旁征博引，一下子又引到康熙时他们山东老乡王渔洋的《香祖笔记》："李沧溟食馒头，欲有葱味而不见葱，惟蔡姬者所造乃食。其法先用葱，不切入馅，而留馒头上一窍，候其熟，即拔去葱，而以面塞其窍。此谢在杭《文海披沙》所载，即所谓'蔡姬典尽旧罗裙'者也。"

征引资料更为有趣，谢是明末人，即清末巧手姑娘蒸的葱包子，还是学的明末人的手艺，这手艺是如何传下来的呢？看

荤素包子　227

帮忙的阿姨照顾病妻，她年纪五十多了，早上睡不着，起得很早，烧稀饭，买油条，三角一根，很大很黄，拿回来还是热的，就白粥一吃，真是人间美味。吃惯了，不久她走了，便自己起早去买，每吃油条、白粥，不由地便想起知堂老人于沦陷第二年冬天写的一首诗：

禅床溜下无情思，正是沉阴欲雪天。

买得一条油炸鬼，惜无白粥下微盐。

油炸鬼、白粥微盐，是很好的食品，自甘淡泊，这还是知堂老人未下海前所作，大约成于戊寅年（一九三八）冬日，现在读来，还颇耐寻思。不过我引至此处，只是意在说白粥与油炸鬼或油条早上趁热吃，是人间美味耳。这里知堂老人用的是油条的数名词，即"一条"，因是长的，所以叫油条。一般称一根。而北京过去满街都是油炸鬼，是环状的，或菱形的，两头尖、中间成环状，叫"个"而不能叫"条"。也有小的，炸的时间长，色焦黄，叫"焦圈"。但是没有一根的长油条，我是第一次到天津，才吃到油条。说也奇怪，天津、北京，二百四十里，现在高速公路，一个钟头就可以到，真可以说是近在咫尺，但两地风俗就不一样，旧时北京只有油炸鬼，而天津却有油条，而且喝豆腐浆放咸盐，却又没有上海的咸浆，早点铺吃油条、豆浆，每个桌上放一小碟白精盐，猛一看，还以为是绵白糖呢，我差点一下子倒在豆浆碗中，亏得朋友拦住我……

油炸鬼在北京又叫"果子"，又叫"麻花儿"，著名的《一岁货声》中记云"大烧饼、热油炸鬼——"，而俞曲园《忆京都词》注云："油灼果，俗称油灼桧，云杭人恶秦桧而作……"不过没有人详考，只是大家随意叫而已。只不过现北京老式的油炸鬼已很少见到，大多已是上海式，或者叫作江南式的油条为多了，而且大多是外地人在集贸市场上卖。几十年来，北京的变化太大了，连油炸鬼也多变成油条了。

上海以及南京、苏锡杭湖等地，都

▼ 苏州人的早餐（大饼、油条、粢饭、豆腐浆）

是一样的油条，只是有大小之分。五六十年代以及七八十年代，上海大饼、油条店先公私合营，后来公营，直到七十年代，还有不少有手艺的老师傅，甜咸大饼、油酥大饼、油条、油糕、粢饭糕、咸浆、淡浆、甜浆，十分齐全，半两粮票一根油条，四分钱。一到苏州，就是三分一根。价钱没有变化，但自然灾害时期，即一九五八年到一九六二年之间，没有卖的。自一九六三年之后，经济又稳定，东西增多，油条也有了。不过直到取消粮票前，公私店中总要用粮票买，现在粮票取消，可以随便买。但涨到三角钱一根了，照四分一根算，只上涨了八倍弱。而工资却难同步按倍数增长，就为难了……上海人过去说人滑头，叫"老油条"，就是炸过的油条，再炸一遍，现在这种油条没有了。

外国油条，中国人吃不起，三年前在新加坡，朋友请在一家酒店吃早点，吃现炸的热油条，我还和炸油条的师傅照了一张相，卖几新元一根，合我们的钱二三十块。亏得现在油条还未与世界接轨，不然，就更难想象了。

妇在卖汤团。我无意中坐下买了一碗。一碗四只，一只肉的，捏成桃子形；一只细沙的，捏成饼形；一只芝麻猪油白糖的，捏成滚圆的球形。一只荠菜的，捏成椭圆形。无锡人是欢喜吃甜食的，任何东西里面都要放糖，这四种馅子中自然都放了糖。芝麻细沙的不用说了，肉馅、荠菜馅也都有糖，而又是咸中有甜、甜中有咸，却具有一种说不出来的妙味。尤其是荠菜馅，碧绿鲜嫩的颜色，又咸又甜的鲜味，简直不知道是放了什么调料制成的。那水磨糯米粉的皮子也是特制的，滑腻软糯，入口即化。我不但永远忘不了这最好吃的汤团，而且至今还要继续为之辩护的。

那卖汤团的是一对很善良的老夫妻，我吃了他们近一个月的汤团。多年来，我常常思念他们。我想，他们还健在吧？都该是八九十岁的老人了。

玉米食品

　　玉米制品中，在旧日我最爱吃的是玉米糁熬粥，而最不爱吃的是谜面"九外一内"的窝窝头。天津人吃"贴饼子熬鱼"，一样玉米制品，柴锅贴饼子，一面焦黄，就比窝窝头好吃。

　　过去北海仿膳，在七七事变前，真是清宫御膳房的旧人开的，制作的点心，有豌豆黄和小窝窝头，说是当年西太后由西安逃难回来，想起路上逃难时吃过窝窝头，就传话叫御膳房去做，御膳房承旨，就做出这种比小酒杯还小的窝窝头，据说是栗子面的，叫栗子面小窝头，实际一点也不好吃。我很爱吃豌豆黄，造型也好看，刚由冰筒中拿出，切小块堆在盘中，像大钱五百六十文、小米面每斤三百、玉米面每斤二百……惟白米系南来之粮，海道不通，米庄不免居奇，每石须银八两上下耳。

这里有白面、玉米面、小米面，价格差异几乎二倍或三倍，玉米面最贱，小米面次之，白面最贵。小米面外地人可能不懂，这是北京人较特殊的廉价粮食，可以加发酵剂蒸丝糕，出锅时热腾腾松软可口，在沦陷时、解放战争时期，是北京城圈内不少生活困难人家的主食，是小米加黄豆磨的，比棒子面细一些。梁实秋氏在回忆其妻子程季淑的文章中曾提到"丝糕"，说："有时蒸制丝糕，即小米粉略加白面白糖蒸成之糕饼。作为充饥之物，亦难引起大家食欲……"至于纯粹棒子面，也就是玉米面，那就只能蒸窝窝头，就粗糙多了。不过如用玉米面熬成糊糊，也还是很好喝

▼ 面铺幌子
《京城店铺幌子图》

的。玉米不完全磨成粉，而要粗一些，叫玉米糁，煮粥吃，别有风味，是很好吃的。香港人把玉米糁加荤汤烧，再加蛋清进去，好的再加几根人造鱼翅，谓之"粟米羹"，是很好的汤。过去内地没有，现在则京沪苏杭各大饭店，都有这道汤了。

玉米本身，还是很有营养价值的粮食，问题是在于加工粗细。美国人把玉米和小麦按比例配合起来，能磨出高级面粉，并能加工为冰激淋粉，就成为夏天制造冰砖的主要材料。爆成玉米花，就可骗中国孩子，卖大价钱——似乎真是美国月亮比中国圆了。